目次

万延元年のニンジャ茶漬け

プロローグ

南北戦争で傑出した活躍をし、あるいはとんでもない奇談を引き起こした海軍少将に、サムエル・スイード・デュランという男がいた。

デュラン家はメロン家、ロックフェラー家とも並ぶ、アメリカ三大財閥のひとつと称される名家である。サムエルの叔父(おじ)にあたるエルテールが事業勃興の祖だ。彼が世界規模の化学コングロマリットを創りあげ、デュラン家を富豪へと押し上げた。デラウェア州ウィルミントンには家名を冠した通りがある。

サムエルは家業に入れば悠々自適、お金持ち人生を送れただろう。しかし彼は事業家にならず軍人として生きた。

押し出し雄々、中世の肖像画から抜け出たような偉丈夫である。

歴史書に記述がある。

「南北戦争の開始時点、北軍の海軍大佐サムエル・デュランはチェサピーク湾に艦隊を送り、陸軍がメリーランド州アナポリスに上陸するのを守った。ワシントン本部との通信故障で命令系統が途絶えたが、彼は臨機の判断を下し勝利を呼び込んだ。同年六月、海軍の作戦を立案する理事会議長となった。その半年後には、南大西洋封鎖戦隊指揮官として、アメリカ海軍最大の艦隊USSウォバシュを率い、サウスカロライナ州ポートロイヤル港の砦を襲って勝利し、ジョージア州南部からフロリダ州東海岸全体までの海岸封鎖を成功させた。その後も輝かしい勝利を続け、一八六二年七月十六日、海軍少将に指名された。海軍兵学校校長もつとめ、アメリカ海軍の近代化に重要な貢献をした、云々……」

南北戦争は一八六五年五月に終結し、サムエルは翌月の六月に没した。

軍とともに生き、散った人生である。しかしながら、実は、

「この男は偉人なのか、でくのぼうなのか」

と、評価は永らく定まらなかったのである。

軍功は上げた。上げたが、軍令部と揉めまくった。軍の総責任者である大統領まで、

幾度となく上がってくる陳情に困らされた。多くはサムエルの「人格破綻（はたん）」が問題のようだった。

とはいえデュラン家である。名家である。大統領も政府も、この男をどうしたらよいか迷ったまま、結局ほったらかしにしてしまった。

しかして没後十七年、

「英雄である事は確かだ」

と、なんとかかんとか、世の人が相談して、ワシントンに銅像が建った。

ようやく、

「サムエル・スイード・デュランは軍人の中の軍人」

と、後世へ伝えられるべき評価が固まったのである。

が、やはり、サムエルはおかしかった。戦闘中にも奇行を連発させ、妙な具合になっていたのである。

それはひとつの出会がきっかけだった。

そのきっかけとは、太平洋を越え、はるか日本からやって来たサムライ達だったらしい。

サムエルは艦司令として、軍艦ポーツマスに乗っていた。

司令官は前線に出ることはない。命令し組織を動かす。

しかしサムエルは、そういうのではぜんぜんなかった。自ら甲板に躍り、満身の気合いで号令を発する。

「攻撃開始！」

雨、嵐、敵機、砲弾、関係ない。

剣を空へ突き上げる。砲手に、戦闘機乗りに、檄（げき）を飛ばす。

「飛べ、撃て、殺せ！」

日本人から譲り受けたというサムライの刀を振り回す。真剣抜き身。危なっかしくてたまったものじゃない。

「進め、進め、進め！」

ところが、渾身（こんしん）の気合いを発したとたん急に黙り込み、指示をやめてしまうこともある。戦闘中にもかかわらず無口になり、部屋に閉じこもってしまう。

指示は「進め」のままほったらかし。

攻撃を続けるのか、やめるのか、さっぱりわからない。

病気か。しかし病気であろうが上官は上官。奇行であろうとなかろうと、発された指示のもと部隊は戦い、勝ち続けた。

サムエルには大将の器があった。戦（いくさ）の規模や未来を見透（す）かす戦術眼があった。さらには熱心な戦術研究家でもあった。彼は聖書よりも深く、『孫子（そんし）』を読み込んでいた。

――知略を以（もっ）て当面の敵を制圧しこれを併呑し己の戦力を拡大し、その上で更に同一級の敵を知略で攻略し、更に己の戦力を高める。この繰り返しによって天下の覇者となる――

サムエルは孫子の兵法の極意に則（のっと）って指揮をふるったのだ。ここから先は下士官で勝てる、と思えばまかせてしまう。これが部下たちを育て、軍は勝ち続けた。

とはいえ、その采配（さいはい）は時に難解だった。

臨機応変、勇猛果敢、奇想天外、深謀遠慮、慎重居士（こじ）……

真逆の個性を併せ持つ人間を理解することはむずかしいのである。

そんななかでも、いちばんの奇行は食事であった。

ポーツマスには幹部専用の食堂があったが、サムエルは幹部たちと席を並べなかった。司令官室に籠（こ）もっての孤食を常とした。

食事時に緊急通信があり、准将のジョン・マクラーレンが司令官室へ走ったことがあった。入って敬礼し通信文を読み上げようとした。とたん、サムエルは言ったのである。

「呼吸を乱してくれるな」

マクラーレンは声を飲み込んだ。メモを手に直立したまま指示を待った。しかし司令官が報告を問う様子がない。

サムエルはデスクに置いた鉄瓶を見つめていた。注ぎ口から湯気が立ち上っている。となりには陶器のボウルがあり、小さくこんもりした、白いかたまりが入っていた。サムエルは鉄瓶を持ち上げた。そして白いかたまりの上から、慎重に湯を注いだ。注ぎ終わって鉄瓶を置く。背を丸めボウルの中身をのぞき込む。それから、立ち上る湯気に手を合わせ、目を閉じた。

食事前の祈りか、とマクラーレンも頭(こうべ)を垂れた。

そのとき、サムエルの唇から言葉が漏れた。

「はまぐり、はまぐり」

准将はオウム返しのように訊(たず)ねてしまった。

「ＨＡＭＡＧＵＲＩ？」

下士官から問いかけることは御法度だったが、サムエルは気にもせず、ボウルをのぞき込んだまま言ったのである。

「日本語だよ、マクラーレン准将」

日本？　チャイナの隣の島国か。異国を拒否している謎の国だが、昨年はじめて使節団がやってきた。見た目とはうらはらに優秀な外交官たちで、サンフランシスコやニューヨークで評判を呼んだと聞いていた。そういえば、司令官は歓迎委員のひとりになっていたな、とマクラーレンは思い当たったが、戦時である。緊急の電信を伝えたいのである。しかしサムエルは言った。

「ＨＡＭＡＧＵＲＩは英語ならＣＬＡＭである」

マクラーレンは話し相手になるしかなかった。

「クラムとは、蒸したりスープに入れて食べる貝のクラムでありましょうか」

「果たして不明であろう。不明で当然じゃ。極意だからの。ワハハハ」

何の話をしている？　何を笑っている。マクラーレンの目に斜がかかったが、サムエルは、ボウルを指しながら言った。

「見てみよ」

「見るとは、ボウルの中でありますか？」

サムエルは無言でうなずいた。

マクラーレンは視線を落とした。白いかたまりはほどけ、つぶつぶとなって湯に沈んでいる。

「何が見えるか言ってみよ」

「この、白いものが何かと、わたくしにお訊ねでありましょうか」

「お前の他に誰がおるというのだ。答えてみよ」

「は、それでは……、シリアルでありましょうか。いや、ライスであります」

「ご明察だ。まさしくライスである。しかしてマクラーレン准将には、はまぐりと葱（ねぎ）と鴨肉（かもにく）が見えるかな？」

「何ですって？」

はまぐり？　ネギ？　カモ？

ボウルに沈むライス、それ以外は湯である。

マクラーレンは顔を上げた。上官の目はどこか遠い。

触らぬ神にたたりなし。無難にあしらうしかない。マクラーレンは答えた。

「私ごとき弱輩には何も見えません。おそれいります」

「そうであろう」

サムエルは言った。

「日本の武道において、これを、ＨＩＴＯＳＵＪＩＮＡＷＡではいかぬと申す」

ＨＩＴＯＳＵＪＩＮＡＷＡ？

「まあ、修行が必要じゃ」

サムエルは左手のひらでボウルを持ち上げ、右手には二本、短い木の棒を持った。

息を大きく吸い込んで、吐いた。それから決意をみなぎらせたような目になり、ボウルに棒を差し込んだ。かき混ぜた。そして
――ずる、ずるずるずる――

サムエルは胃の奥へ、ライスと湯を掻(か)き込むように食べた。

食べ終わるとすぐ、マクラーレンの手からメモをかっさらった。内容を一瞥(いちべつ)するなり立ち上がり
「すぐに突撃だ！」

と叫びながら部屋を飛び出していった。

一

一八六〇年（万延(まんえん)元年）六月十五日。

遣米使節団の閣僚たちはペンシルベニア州、フィラデルフィア造幣（ぞうへい）局にいた。

日米間初の為替（かわせ）レート交渉である。

正使が新見豊前守正興（しんみぶぜんのかみまさおき）、副使は村垣淡路守範正（むらがきあわじのかみのりまさ）、そして主席交渉役は使節団の監察、小栗豊後守忠順（おぐりぶんごのかみただまさ）（上野介（こうずけのすけ））。補助を務める通詞（つうじ）、その他補佐役が数名いる。

対座するのはブキャナン大統領の愛（まな）弟子カス国務長官とスノウデン造幣局長、ほか、アメリカ政府の財務官と造幣局の技師たちである。

アメリカ人たちは声を忘れていた。

サンフランシスコからワシントン、ボルチモアを経由してやってきた日本人たち。歓迎の模様は新聞で報道されていたし、ハリスの報告やヒュースケンの日記なども見てはいた。

しかし、目（ま）の当たりにすれば、いや、なんと不思議な異邦人であろうか。

木ノ葉マークを染め抜いたクレープのポンチョを着、ウエストには布をぐるぐる巻いてそこをポケットにしている。靴はといえば、真四角な布製のビーチサンダルのようなもので、親指とその他の指を分けている。そしてなんといっても、中国の伝説に出てくる水動物の頭かと思われる、不思議きわまりないヘアスタイル。

正面に座るのは小栗である。背筋を伸ばし、どこかの一点を見つめている。

ぴたりと動かない。

――これがサムライの『サッキ（殺気）』か

サムエルは背筋を寒くしながら小栗の視線を追ったが、そこには「空」があるのみであった。

軍人のサムエルが歓迎委員に立候補したのは「孫子の兵法」に触れ、東洋の武術に深い興味を抱いていたからである。『孫子』は、紀元前五百年ごろ、中国春秋時代の軍事思想家・孫武の作とされる兵法書だ。古今東西の兵法書のうち最も著名なものである。当時中国で布教活動を行っていたイエズス会宣教師の一人ジャン・ジョセフ・マリー・アミオ（銭徳明）が、『孫子』の抄訳に自らの解説を付したものをフランス語で著述し、それをナポレオンが軍略に活用したという逸話がある。

サムエルは勉強熱心な男であった。多動的な性格から行動優先の人物と評されるが、実際は軍事戦略、軍艦の装備性能、戦闘の哲学まで、知識を下敷きに行動を起こしているのである。そのサムエルが日本について知ることがあり、首尾一貫して論理的な『孫子』とは異なる「サムライの兵法」に戸惑ってしまった。謎が多いのだ。

日本における兵法の専門職は「サムライ」だという。さらに「ニンジャ」という存在もあるらしい。

その彼らがやってくる。どんな人間なのか、じぶんの目で見たかったのだ。そして彼らにじっさい会ってみれば、サムエルはまさしく驚嘆したのである。

フィラデルフィアの前に立ち寄ったボルチモア、使節団の泊まるギルモア・ハウス前広場で歓迎式典を行ったときのことだ。

サンフランシスコでの登場以来歓迎ムード全開、二万人を超える群衆が広場に集まった。ボルチモア市は歓迎の一興として、消防局によるポンプ車総出動の消防訓練を行った。

クライマックスでは、消防士のひとりが、使節団のいるバルコニーへ長いハシゴを立てかけた。熟練した手さばき足さばきで駆けのぼり、大喝采（だいかっさい）を浴びた。

サムエルが驚嘆したのは、その直後に起こったことである。

「ボルチモア消防局もおびただしい見物人に派手な演出を考えた。消防士がハシゴの頂点に登りきったところへ派手な放水を行ったのだ。ふだんは消防士へ向かって放水したりしないが、消防士は水の勢いを喜ぶようにハシゴさえ揺らした。観衆は万雷の拍手を浴びせた」

新聞はこのように報道したが事実は違った。サムエルは一部始終を目撃した。

放水の勢いが強すぎ、消防士の足がハシゴから外れたのだ。片手だけでつかまりながら水を浴びる必死状態になった。事故寸前だ、とそのとき村垣淡路守がバルコニーから蝙蝠（こうもり）のように飛んだ。ハシゴの頂上に乗り移ったかと思いきや、片足をあげた宙釣りの状態になり、消防士の足をむんずとつかんでハシゴの段へかけた。そしてじぶん自身のからだを持ち上げると、あっというまにバルコニーへ飛び戻ったのだった。

大観衆は米国と日本のコラボ演技にただ拍手を重ねたが、サムエルは息を止めるほど驚いた。村垣は飛んだ。それだけでも驚きだが、バルコニーとハシゴに間には距離があった。村垣はハシゴの頂点との中間にできた放水の先でホップしてからハシゴへ飛んだのだ。

日本のサムライは「孫子の兵法」どころではない、神秘の技を操る。

サムエルは震えてしまった。

さて、造幣局である。

小栗の背後には、プレゼンボードらしき板が立っている。

板の表面には紙の帯が三すじ貼られており、サムエルには何かのからくりが潜むかと見えた。

静まりかえる会議室。

テーブルに置かれたバーボン・オン・ザ・ロックの氷がカランと鳴った。

米国側は、日差しが強まる季節にも氷があるのだ、と、多少の自慢をウイスキー・グラスに込めたのだが、小栗は何の興味も示さなかった。

小栗は言った。

「イッツ　ア　シン　トゥ　テル　ア　ライ」

使節団首席通詞、箱館(はこだて)奉行支配定役(じょうやく)格通弁御用、名村五八郎(なむらごはちろう)が訳した。

「ウソは罪よ」

が、名村はあわてて小栗の袖を引いた。必死の小声でささやいた。

「豊後殿、拙者の役目は日本語を英語に通弁することと憶えております。これはさかさまでござります。それに、ウソは罪よ、とは如何(いか)に？」

小栗は平然と言った。

「言葉のとおりである。ウソはいかん」

もっとあわてたのはアメリカ人であった。

星の国からでも来たかと思った連中が、いきなり、一夜を共にした女がささやくようなフレーズを発したからである。

「居合の呼吸じゃよ」

小栗は男谷道場で学び、直心影流の印可を受けている。春夏秋冬の気になぞらえた四つの形「法定」を通して行われる「呼吸」を重視した剣術である。形の中で繰り返される動作には、呼吸の力を練り上げるためのものも多い。直心影流は「動く禅」とも形容される。

居合は一の太刀がすべてだ。間合いに入られてしまえば、すなわち死。一の太刀を放つ瞬時の判断、それが勝負の分かれ目となる。

機転をはかるもよい。しかし立ち会いにいたっては考えない、もくろんだりしない。一切の思慮を捨て、霊知を曇らすことのないようにする。呼吸を制御することができれば、機に臨み変に応じて、ことに処する方策が浮かび出る。影に従い響きの声に応ずる。明鏡止水の境地である。

達人となれば、ひと粒の水滴が水面に落ちた瞬息、見えぬままに刀身を抜き、見えぬまま鞘へ返す。相手の死に顔には驚きすらないという。

この場での小栗は、刃を鞘におさめたまま、立ちのぼる呼吸を押さえる形を使った。サムエルは、冷たい刃で首すじを撫でられた気がした。

小栗は言い放った。

「貴国の金貨と日本の小判は同価値ではない」

日米間初の、為替レート交渉がはじまった。

外国奉行組頭（くみがしら）、成瀬善四郎（なるせぜんしろう）が肩で小鼓（こつづみ）を「ポン」と打った。

板の前に立つのは肥後（ひご）藩主鍋島閑叟（なべしまかんそう）の秘蔵っ子、木村鉄太（きむらてつた）である。

木村が勢いよく上段の帯を剝（は）がすと、名村五八郎の江戸っ子イングリッシュが炸裂した。

「アメリカン　ゴールド　メダル　イズ　ノット　ジャパニーズ　ゴールド　コバン」

「ピーッ！」

勘定組頭の森田岡太郎が横笛を鳴らした。

「次に」

小栗がぐぐと肩を怒らせた。

「含有銀十パーセントを無価値と査定することは」

木村が二段目の帯を剝がすと、名村がうなった。

「シルバー　テンパーセント　イズ　ノット　ゼロ　パーセント　イズント　イット？」

小鼓が「ポン」、笛が「ピーッ！」

「さあ、さあ、さあ、さあ、さあ」

小栗が見得を切ると、木村が三段目、いちばん大きな帯を剝がした。

するとそこにはアルファベットが六文字、迫力満点の勘亭流で書かれていたのである。

ＵＮＦＡＩＲ

「アンフェア〜〜」

小栗は眉毛をつり上げ、片袖をはだけ、高らかに謡い上げた。

「いよぉ、山城屋！」

新見が声を放った。村垣が袖を引いた。

「豊前殿、山城屋は女形でござる。小栗は團十郎贔屓ですぞ」

「そうであったか。これは失敬」

歌舞伎見物気分の上司を傍らに、小栗は諸肌（もろはだ）を衣に納め座り直した。

扇子（せんす）を懐（ふところ）から抜くと、

「ぱん」

とテーブルを叩き、口上をはじめた。

プレゼンテーションの本筋である。

「貴国の日本公使ハリス氏は、江戸で我が国に対して間違った通貨交換比率を示された。小判三枚が一ドル金貨四枚とは理不尽（りふじん）を超えた身勝手である。それにより我が国の経済は大損害を受けている」

　小栗は続ける。

「互いの貨幣を同重量で交換するという条文は、貴国が勝手に決めたことである。国際正義に基づき、正当な交換比率を再設定せねばならない。貴国の技師諸氏は自らの実験において、小判に含まれる金の量を解析され、金以外に含まれる雑金属の混合比率も把握されているはずである。小判の混合物は微少な銅を除くと大部分が銀。小判すなわち金と銀。金銀含有量の総合評価をした上で為替レートを設定せねばならぬ。そのこと、いまや白日の下（もと）に晒（さら）されている」

　名村は事前に書き留めた単語を指で追いながら、必死で訳していく。

「我が国は外国商人にとって、かつてマルコ・ポーロが称したような黄金の国となっている。たとえば純度の低いメキシコ・ドル銀貨を持ち込み、現比率で一分銀、小判と交換すれば三倍の価値に変わるからだ。そのような不平等きわまりない錬金術により、小判の海外流出額は年間一千万両を超えている。ハリス氏を通してご存じであろうが、幕府の年間予算は二百万両強であり、流出額はその五年分にあたる。貴国は我が国の植民地化をお望みであるか？　それが貴国の正義であるか？」

名村は困った。小栗の演説は事前打ち合わせを遥(はる)かに逸脱しているからである。

小栗は昨夜、「失敗すれば自分が腹を切る」と言った。その言葉に疑いはないが、名村はいまや極度のボキャブラリー不足である。次席通詞の仙台藩士玉虫左太夫に苦い顔を向けたが、剛腹で知られた玉虫の額(ひたい)にも汗の玉が浮いている。

そこに立ち上がったのが、無給見習通司の立石斧次郎為八(たていしおのじろうためはち)であった。

「アイ　スピーク　イングリッシュ　アンド　ダッチ　トゥー」

為八は弱冠十七歳。昌平黌(しょうへいこう)教授をつとめる旗本小花和度正(こばなわなりまさ)の次男で、頭がよく、機転が利く。

為八はわからない単語には身振り手振りをつけ、さながらジェスチャー・ゲームで通訳を補佐しはじめた。意味を言い当てたアメリカ人には、

「ザッツ　ライト」

と切り回した。

そして三人がかりで、なんとか日本の主張を伝えきったのである。


アメリカ人たちの何人か、手をわなわなと震えさせ止まらなくなった。

大柄な男性がひとり、耐えきれないように立ち上がった。

「オー　マイ　ゴッド」

さらに、

「アンブリーバボー」

と叫んだのである。

新見が名村の耳元で訊いた。

「あんまがブリをバボとはなんだ？」

幕臣として門地がいいだけの新見である。英語など知るよしもない。

「あんまがブリをバボではなくて、アンブリーバボーでござる。信じられないとか、すごい、とかいう意味で」

「小栗はやり遂げたのか？」

「おそらく左様で。但馬牛のような国務長官は泡を吹き、造幣局長は壁をかきむしっております。ウナギ髭の男と狛犬顔の男は何やら口を吸いあっておるようです」

「アメリカ人とは、妙な連中じゃな」

新見の観察はともかく、カス国務長官は両国通貨の正確な価値を、さらなる実験で明らかにすることに同意したのであった。


さて小栗である。

彼はこの時代に奇跡ともみえる国際感覚、外交交渉能力をもっていた。そんな能力はどこから生まれたのであろうか。

小栗忠順（幼名剛太郎）は文政十年（一八二七年）、旗本小栗忠高の子として江戸駿河台で生まれた。小栗家は家康が生まれる前からの三河譜代で、上野、下野、上総、下総に二千五百石の禄高を持つ、小大名規模の家格だ。駿河台の敷地は壮大なうえ、江戸末期には学問の拠点ともなった。敷地内に朱子学者の安積艮斎が私塾を開いている。艮斎は幕府の最高学府である昌平黌の教授でもあり、ペリー提督やロシアのプチャーチン中将が来航したときは幕府の顧問として臨席するなど、進歩的な知識人であった。塾には日本全国から門人が集まり、栗本鋤雲、木村芥舟、秋月悌次郎などの幕臣から、吉田松陰、高杉晋作、清河八郎などの倒幕派、また、後に実業家として大成する岩崎彌太郎などもいた。小栗は六歳になった頃からこの塾で学んだことで、開明的な頭脳が開花することになった。

そこに、直心影流の免許が重なる。

剣の呼吸は外交の呼吸。外交の難局とて、剣の極意を用いれば誤ることはない。

小栗の人物を解説するとすれば、これがあてはまるかもしれない。

二

実験がはじまると、アメリカ人たちは使節団の持参した道具にまた驚いた。

十進法の目盛りが刻まれた象牙の天秤は見事な精密機器であった。五つのボタンが十五列並んだだけの道具を、勘定組頭森田岡太郎が恐るべきスピードで操ったことには、ただ声を失った。書記役である外国奉行支配調役塚原重五郎昌義は腰に壺を差し、そこから筆を抜き出し、見事な手さばきで書いた。

どの道具も小さなものだ。しかし小さな道具のどれにも、使用目的に最適化された機能が詰まっている。そして日本人たちは技術も道具も「当たり前」に扱う。日常動作へと高められた自然体の技術は修練の賜物である。

　サムエルのこころに不思議の好奇心が棲みつき、日本と日本人のすべてを知りたくなった。

　そんな中でもとりわけ、サムエルの関心は村垣の腰に下がる小さな袋に向かった。木綿か絹素材のようで、最初は匂い袋かと見た。しかし違うようであった。村垣は時々袋に指を入れ、小さな何かをつまみ出しては口に含むのである。

　サムエルには最後まで謎だった。

　あれはいったい何か？


　村垣は使節団の副使である。事務次官的存在だが、その袋は事務官僚が使う道具入れなどでは決してない。

　だいたい、事務官がムササビのように空を飛べるはずはない。

「村垣は『オニワバン』らしい」

　日本へ行ってきた者がそんなことを言った。

　お庭番は将軍の側近官僚だが、その実は諜報員ということだ。諜報組織の構成員は「ニンジャ」と呼ばれる。そして「オニワバン」は「ニンジャ」の大ボスらしい。

「ニンジャとは何か？　サムライではないのか」

サムエルは日本へ行ってきた者をさらにつかまえては訊ねた。

ひとりだけ、聞き知ったことがあるという。

「ニンジャは、サムライの中の特殊戦闘技術者らしいです。城塀を素手で登り、百マイルを半日で走り、水底を歩行し、火を操り、闇を見通し、獣と話す」

「ほんとうか？？？」

「日本人はみんな、ニンジャのことを知っていました」

「みんな知っているだと？」

「はい」

「では、ハリスたちも日本で会ったのか？」

「いえ、会うことはまかりならないのです。ニンジャは決して真の姿を見せない。普段は仮の姿で生きている」

村垣がまた袋に指を入れた。小さな丸薬のようなものを一粒つまみ出したかと見るやいなや、目にも止まらぬ速さで、口に放り込んだ。

「…………」

この男がニンジャなのか。

袋の中身は魔術の素なのか。

あれが欲しい。サムエルはつばを飲み込んだ。


日本人とアメリカ造幣局技術者の共同作業にて実験は終了した。

使節団は、安政(あんせい)小判一枚＝三ドル五七セント、という正当な条件を導き出し、日米為替レート交渉は終了した。後日、条約を批准する儀式が行われた。

「アメリカ政府を代表して申し上げます」

カス国務長官がブキャナン大統領の書簡を読み上げた。

「我が国は独立して百年に満たない若い国であります。国際社会に於(お)いても人材を育て、新しい時代に対応していこうという時なのであります。あなた方は、私たちアメリカの先達となる知識を持っておられる。今後とも、ぜひ、教えを乞いたい」

カスは進み出て、新見や村垣と固い握手を交わした。

「儀式は終了です。あとは飲んで踊って、親交を深めましょう」

カスは参加者みなに拍手を求めた。

「ブラボー、ブラボー」

為替交渉に参加したアメリカ人全員が立ち上がり、居並ぶサムライたちに拍手を送った。彼らも条約批准が滞りなく終わり、ひと心地ついたのだ。

楽団が音楽を奏で、ダンスが始まった。

スノウデン造幣局長も巨体を揺らせた。喜びを爆発させ、鳥かごのようなドレスを着た女性を引きまわした。プレッシャーから解放された安心感が体に満ちている。実験を見つめる小栗のすさまじい迫力は、スノウデンに極度のストレスを強いていたのである。

村垣は大男の妙なダンスを見ながら、為八に訊ねた。

「おい、為八、ブラブラとは何だ？」

「ブラブラではござりませぬ。ブラ～ボーでござります村垣殿。上等とか、素晴らしいとかいう意味で」

「我々は尊敬されておるのか」

「おそらく左様で。踊りは尊敬の表現と聞いております。多少大げさではありますが」

そこへスノウデンがやってきた。

「ミスタ・ムラガキも踊りましょう。さあさあ」

「そうだな。アメリカダンスでも習うか」

村垣が議場の真ん中へ進むと、スノウデンはパートナーを村垣へ引き渡した。金髪長髪のご婦人。鳥かごスカートは大きく、背の低い日本人は腰に手を回すこともできない。

「これはいささか、どうしたものかの」

村垣は蟬が木にとまるような恰好になったが、リズムに合わせて足を動かした。

楽団がいっそうの音楽を奏でる。

「はは、愉快、愉快」

「サムエル、突っ立ってないで踊ろうぜ」

スノウデンは呼びかけたが、サムエルは踊りの輪に加わらなかった。

サムエルの視線は、村垣の腰で揺れる袋に貼り付いていたのである。

あれが欲しい……

晩餐会になった。

メインディッシュは羊の丸焼きにTボーンステーキ、ブタに鹿にイノシシ、肉、肉、肉である。

尊敬を受けまくった大和サムライも、慣れぬ食事に疲れた。

村垣は言った。

「口がけものの臭いになっておるわ」

名村も口に残った肉の味とともにうなずく。

「そうでございますね」

「口直しをしようではないか。銘々、鰪(かれいい)があるの」

「はい、ございます」

「すまんが名村、湯をたっぷりもらってくれ。それと碗だ」

「承知いたしました」

村垣は小栗にささやいた。

「口が脂まみれじゃ。茶漬けを喰おうぞ」

それを聞いたとたん、アメリカ人に神と賞賛された小栗でさえ顔が上気し、

「それは名案でござる」

と手を打ったのである。

使節団三役の新見、村垣、小栗を真ん中に幕臣、従者、通司たちが庭の芝生(しばふ)で車座になった。

名村と為八が湯桶を抱えてきた。

「茶漬けの碗はさすがにありませんが、カフィ用のマグカップを借り受けました」

「ほどよい大きさじゃ、けっこう、けっこう」

各自、腰の袋をほどき、カップに飴を落とした。

名村が各自にひとつずつ、乾燥梅を配りはじめた。

「梅干しではないか。よくぞここまで保(も)たせたものじゃ」

成瀬は紙袋を差し出した。

「切り干し大根もございますぞ」

「なんと」

森田もすかさず、

「四国川之江(かわのえ)の塩と、宇治の粉茶葉も少々」

「涙が出るわ」

村垣は脇差(わきざし)から小柄(こづか)を抜き、切り干し大根を裂いた。

梅干しと一緒にカップへ落とし、塩をひとつまみ。

湯に茶葉を入れ、茶の香りが立ったところで注ぎ入れる。

最後に懐から扇子を取り出し、カップの上に広げてのせた。

「それは妙案。扇子蒸しでござるな」

村垣の扇子は文扇堂（ぶんおうどう）の逸品である。柄は小紋。

「お江戸がしのばれるのう」

新見が感心したようにうなずき、同様に扇子をかぶせた。新見の扇子柄は、二匹の金魚である。

みなもならい、扇が幾重にも広がった。

村垣は懐中時計を取り出した。使節団は道中、さまざまな贈り物をもらったが、これもそのうちのひとつである。西洋式の目盛りにて村垣は言った。

「五分間、しばし待たれい」

陽は西の空に低く、時に涼やかな風が吹いた。

村垣の傍らに小さな草が花を咲かせていた。鼻を寄せてみると、淡く甘く香っている。

「これはなんという花かの？」

小栗が答えた。

「日本では夏白菊ですな。こちらではマトリカリア、と申すそうです」

庭師が意図して植えたものか、風が運んだ種が芽を出したものか。

それはわからない。

どちらにしても、草花に宿った生命が、天に向かって伸びようとしている。

風流でいて力強い。

アメリカの広大な大地。島国育ちで世界をはじめて知った自分たち。小さいながらも小さいなりに咲き、種を残し、命をつないでいかねばならない。自分たちの責務だ。

そんな思いを広い空へ馳(は)せながら、白い花に和(なご)んだ。

「どうじゃ小栗、風流をやってみんか」

「風流とは?」

「茶漬けを待つ間、『マトリカリア』を冠(かむり)に一句どうじゃ」

「粋(いき)なことをおっしゃいますな」

小栗は言った。

「では、在原業平(ありわらのなりひら)の『かきつばた』を底本にいたしましょう。『から衣　きつつなれにし　つましあれば　はるばるきぬる　たびをしぞ思ふ』」

「それは一興。遠い国へ旅した我々の気分じゃ。で、返歌はいかに」

小栗は寸時黙想した。一同、注目している。

「では、即興にて」

小栗は肩肘(かたひじ)を張り、声を上げた。

「まちごうた　とおきおくにの　りりしさに　かくあるつきも　りんかとなるや　アメリカと」

車座が揺れた。感嘆の声、笑い声、拍手、足踏み……

いちばん受けたのは村垣だった。

「あははは、間違うたとな。これは愉快。お主、戯作者になれ申そうぞ」

「座興でござる」

名村が待ちきれない眼をしている。村垣の耳に口を寄せた。

「淡路殿、そろそろ五分間とやらが過ぎます。茶漬けを」

「おお、そうじゃ」

村垣は扇子を取り上げた。立ちのぼる湯気に鼻を当てた。

「梅の香じゃ。なんとも言えんの」

懐から箸を取り出し、マグカップを持ち上げ、ずるずるずる……とすすった。

「あああ、うまい、うまいぞ」

「どれどれ、拙者も」

新見もひとすすり、ふたすすり。カップの底を空へ向け、一気に食べた。

小栗も食べた。

「ひと心地つきますなあ」

ずるずる、ずるずるずる、ずるずるずる……

望郷の念に襲われた日本人たちは、ただただ、品のない音を立てあった。

サムエルは柱の陰から見ていた。

彼はついに、村垣の腰に提がるものの中身を知ったのである。微小の豆がごとき白い粒のかたまりであった。別のサムライが取り出したのは生成り（きなり）のヒモ、赤い丸薬、白い粉、それらをマグカップに落とした。みどりの葉のくずのようなものは湯に入れ、しばらく待ってから湯をマグカップに注いだ。そして懐から一片のスティックを取り出した。見事に工作された仕込み杖のようなものだった。村垣はそれを半円型に開いた。開いたかたちのまま、湯を注いだマグカップの蓋（ふた）とした。

五分ほど、サムライたちは愉（たの）しげに語り合った。そして村垣が動いた。かぶせた半円形をスティックの形へ戻すとカップを持ち上げ、懐から取り出した二本の棒を見事な手さばきで操りながら、中のものを喰ったのである。

サムエルの心臓が撥（は）ねた。

「ニンジャの魔術だ。あれが、ニンジャの秘密だ」

サムライたちは「ああああ、うまかった」と感嘆しあった。サムエルは柱にしがみつきながら観察を続けた。

するとそこにまた、見たことのない風景が現れた。喰い終わった者はみな、赤い玉を掌に吐き出していくのだ。

「ニンジャの丸薬か」

サムエルはさらに驚いた。

小栗が吐き出した赤い玉を眺め、涙を流しはじめたのである。

「あの男が、泣いている」

小栗は驚嘆すべき頭脳の持ち主である。使節団の実質のリーダーは小栗だと、関わりが深まるにつれて認識したのであるが、そうではない。

村垣なのだ。

オニワバンの村垣こそがすべてを操っているのだ。

サムライたちは笑顔で、肩をたたき合って喜んでいる。村垣も笑顔で答えているが、瞳は涼しく、涼しい光の奥には何事も見透かす冷徹な意思が潜んでいるのだ。

白いかたまり、赤い丸薬、白い粉、そこに湯。

あれを喰わねばならない。

喰えば自分もニンジャになれる。

サムエルは強く信じたのである。

三

遣米使節団一行がニューヨークへ向かう日となった。サムエルの随行業務は、フィラデルフィアまでであった。

サムエルは「好き」を告白できない少年の気分を引きずったまま、この日を迎えた。

訊ねるしかない。ニンジャになりたい。

それで溢れる気持ちを胸いっぱいに、村垣と面会したのである。

サムエルは言った。

「ムラガキどの。たっての願いを聞いてほしい」

「たっての願い？」

サムエルは、声にせいいっぱいの決意を込めた。

「その腰のものを、私にくれないだろうか」

「腰のものとは」

村垣は二本差しに手をかけた。

「刀でござるか。これはいささか」

徳川家から拝領した刀、相模守政常入道である。

「いえいえ、刀ではござらん」

サムエルは言った。

「そちらの袋でございます」

「矢立か？」

「いや、もうひとつのほう」

「はてはて、もしや」

「まさしくそれでござる」

「これ？」

「はい。それに入った中身をぜひとも」

「中身が何かご存じなのか？」

「ひらに、ひらに、所望いたしたい」

サムエルは一九〇センチの巨体を、直角に折り曲げた。

なんだ、こいつ。

村垣は黙りこんでしまったが、

「いかん、いかん」

サムエルの腕を取り、まっすぐ立たせた。

「そう恐縮されては困る。普通に話してもらって結構じゃ」

「では、いただけるのか！」

「それは」

村垣は言った。

「ダメでござる」

「え」

サムエルは口を淀(よど)ませた。

「ダ、ダメでござるか」

やはり無理か……

しかしほしい。ほしいほしい。サムエルは気合いを取り戻して訊ねた。

「では、何かと交換できないか？」

「オー・マイ・グッドネス。ジーザス・クライスト。わかった。何でも言ってくれ。差し出せるものなら何でも出す。お願いだ」

「何でも出すと？」

村垣は意味をはかりかねた。小栗がやりとりを聞いていた。

「村垣殿……」

小栗が耳元に口を寄せた。村垣は目を見開き、小栗を見つめた。

「お主、正気か？」

小栗の目の奥に怪しい光があったが、気配を悟られぬよう唇を切り結んでいる。

村垣は言った。

「そうか。ふむ、わかった」

村垣はサムエルに向き直った。

「デュラン殿。それでは、こういうのはいかがか」

「は、はい、何なりと！」

「名村はおるか」

村垣は通詞を呼んだ。話がややこしくなってきたからだ。

名村がやって来ると村垣は情況を説明し、次の言葉を訳せと言った。

サムエルはかしこまった。村垣は言った。

「安政小判一枚を三ドル五十七セントと決めたばかりだが、四ドルに値上げしてもらえれば進呈しよう。それなら過不足はない」

名村が訳すと、デュランはさすがに驚いた。

「条約の変更であるか！　むむ、それは、私には、何ともできぬ」

しかし、好奇心の激流は無理を押し流した。

「とはいえ、わかりました」

この返事には、村垣も小栗も驚いた。

「わかりましたですと？」

サムエルは言った。

「条約変更は私には無理だが、軍艦なら一艇進呈する。それでいかがか」

ニンジャになれるなら、船ひとつなどどれほどのことか。

さすがの村垣も目をむいた。

使節団一行はワシントンで軍港を見学した。居並ぶ軍艦にただ驚くしかなかった。

日本はどれほど遅れているのか、愕然（がくぜん）とするばかりだった。

それを差し出すというのか。

サムエルは言った。

「武士に二言はない」

「武士は我々だ」

しかしこの時のサムエル・スイード・デュランこそ、武士気分をこころに満たしていたのかもしれない。

サムエルは胸を張った。

「やると言った以上、わたしはやります。イッツ　ア　シン　トゥ　テル　ア　ライ。日本まで軍艦で赴きそのまま進呈する。私は漁船で帰ります」

小栗は苦笑いをしている。村垣にささやいた。

「冗談が効き過ぎましたな」

村垣は頭を掻き、小さく答えた。

「わかり申した。そこまで言うなら、くれてやるとしようかの」

「くれる？」

サムエルが巨体を乗り出した。

「いまくれるとおっしゃったのか？」

村垣は言った。

「我々こそ武士でござる。そこまで懇願されるのなら、きれいさっぱり、差し上げましょう」

村垣は腰に下がる、鰪と梅干しの入った餌袋（えぶくろ）をはずした。

「お手を出されよ」

「ははあ！」

サムエルは両手を差し出した。村垣はそっと置いた。

サムエルはひとしきり、その小さな袋を眺めた。

「ああ、これが……」

掌に隠れるほどの小さな袋だが、金糸銀糸が絡（から）む工芸品だ。

実際、つくりは簡素ではなかった。京は西陣織物師の手による綴織（つづれおり）である。

しかしサムエルに、匠（たくみ）の意匠など意識のほかであった。

中身こそ、ニンジャの素なのだ。

サムエルは押し頂き、胴間声を出した。

「あ、ありがたき幸せ！」

そして、姿勢を正してから言った。

「それでは、間違いなく軍艦を」

村垣はその言葉を抑えた。

「人質は取らぬ。これはみどもからのギフトじゃ、お納めくだされ」

「?」

「条約はそのままで結構。軍艦も要らない。我々は未来永劫、腹心の友でござる」

「お、おお、おおおお！」

サムエルはさらに大きな胴間声を出した。

「なんと、ワンダフルな、フレンドシップ」

サムエルは泣きはじめた。

村垣も小栗も、どうしたものか戸惑ったが、村垣は感動に震えるアメリカ人の大きな背を、せいいっぱい腕を伸ばして撫でてやったのである。

サムエルは軍服の袖で涙をぬぐった。そして、ひとしきり感激のこころを満たすと背筋を伸ばし、村垣にせいいっぱい頭を垂れた。

そして顔を上げ、サムエルは訊ねた。

「それではご伝授願いたい。これをどうやって喰えばいいのか」

「どうやって喰う、とな」

村垣はまた小栗と顔を見合わせた。

「と言われてものう」

サムエルは迫った。

「これこそがサムライの素、そしてニンジャの素なのでしょう」

サムエルは思いを一気に語りはじめたのである。

名村も眉間にしわを寄せて通訳をしたが、何を言っているのか要領を得ない。哲学のようであり五歳の子の話のようであった。村垣は名村に問うた。

「いったい何を訊きたいのだ。要点はなんなんだ」

名村は言った。

「英語そのものはむずかしくありません。彼の言葉をそのまま通詞しております」

「そうなのか……」

村垣は、

「ちょっと小栗と話をさせてくれ」

名村がサムエルに断ると、村垣は小栗を部屋の隅に誘った。

「要は、茶漬けを喰えばニンジャになれる。だから茶漬けの喰い方を教えてくれ、そういうことなのか」

「そのようです」

「干した米喰って、ニンジャになれるのか」

「いかがなものでしょうな。西鶴(さいかく)の戯作か平賀源内(ひらがげんない)のホラ話あたりが、海を越えて伝わっておるのかもしれません」

小栗は笑いをこらえながらも、細い眼をさらに細くして、言ったのである。

「文化と文化が出会うとき、幸せな勘違いが起こるものです。美しい誤解は友情のきっかけです。誤解はいずれとけ、真の理解に至る。これこそが外交というものです」

「ふむ、なるほど、しかし」

村垣は直立不動で待つサムエルを見た。

「では、どう答えてやればいいものか」

「思いついたのですが」

小栗は言った。村垣は聞いていたが、

「お主の頭はよく回るのう。その線で話してやろう。幸せな勘違いなら、それもよかろう」

判決を待つようなサムエルの前へ、ふたりは戻った。

村垣は言った。

「名村、これから話すことを正確に訳せ」

「御意にござる」

「決して笑うなよ」

「笑う？　いえ、御意にござる」

村垣はふたたびサムエルに向き直った。

「それでは、お望み通り、そいつの喰い方を教えて進ぜる。貴殿の見抜いたとおり、それを喰うことはニンジャ修行の入口である」

名村が訳すと、サムエルの額がみるみる朱に染まった。村垣は続けた。

「貴殿は鋭いところを見通した。しかし正しく喰わねばならない。今から教えて進ぜる」

「ちょっと待って、書き留める」

村垣は止めた。

「それは無用にされたい。奥義は口伝(くでん)が原則。書面に残さぬのが流儀。記憶に留(とど)められい」

名村が訳すとサムエルは納得したようである。

村垣は言った。

「それでは喰い方、その一。鍋に湯を張り、はまぐりを茹でる」

名村は面食らった顔を一瞬作ったが、すぐに訳した。

サムエルも何の話かわからなかったが、名村が重ねて訳したので、はまぐりが貝のクラムであると理解した。

「まずははまぐりである。はまぐりを、そうだな、六個としよう。鍋に入れ、貝の旨みを出す」

村垣は続けた。

「ここからが重要である。以下のことを理解せよ。これこそがニンジャの修行である」

サムエルは息を止め、瞬きも止めている。

「いま申したはまぐりは現物でない。それは夢想である」

名村が夢想を、すなわち実態のないイメージと訳した。

「はまぐりの実態はないのだ。そこにあるものとして、茹でる」

サムエルの顔に苦悩が浮かびはじめた。

「デュラン殿、気持ちはわかるぞ。誰しも最初はそうなる。目を閉じてみよ。そして今言ったことを夢想してみよ」

サムエルは目をきつく閉じた。

しばしの間……

村垣は言った。

「できたか？」

サムエルはうなずいた。

「では次。はまぐりから出汁が出たら葱を入れる。寒い冬に育った白葱が良い。一寸に切り、炭火で表面をあぶってから入れる。はまぐりひとつに葱ふた切れでよろしかろう」

サムエルは目をつむったまま、空中に掌を漂わせはじめた。陶酔した指揮者のようである。

「そして鴨肉である。皮を炭火で焦がして脂を出す。身は半生でよい、これも一寸に切り鍋に加える。蓋をして、ひと煮立ちさせる。鍋を火からはずし、しばし落ちつかせる。そこで喰いはじめよ」

「喰うのですか？」

サムエルは目を開き、訊ねた。

「そうだ、喰うんだ。鍋はこの組み合わせがいちばん旨い」

サムエルには日本の鍋料理など未経験である。何を想像してよいものやらわからない。

「わからなくてよい。とにかく、夢中で喰え」

サムエルは再び目を閉じた。

村垣はしばし間を置いてから訊ねた。

「喰ったか？」

サムエルは神妙に答えた。

「喰いました」

「全部喰ったか？」

「はい、喰いました」

小栗は腹がよじれはじめたが、そこは剣の達人。気合いでこらえている。

「さて、デュラン殿。喰った後の鍋に、はまぐりと葱と鴨の味が染み出た汁が残っている。見えるか」

「は、はい、見えます」

「そこに餼を入れよ。餼は夢想ではない。貴公の掌にある現物じゃ。味が染み出た汁はまぼろしである。実際は最初に張った湯だけが鍋にある」

小栗はあきれている。名村は上役の話なので訳しているが「あほらしい」という目になっている。

「それを喰う」

村垣は最後に言い放った。

「質素きわまりない喰い物を夢想の味で捕らえられるようになるまで繰り返すのだ。さすれば貴公はニンジャになれる」

サムエルは目を見開いた。

「ニ、ニンジャになれる……」

村垣は言った。

「無すなわち夢である。日々、精進されい」

名村は、

「ナッシング　イズ　ドリーム」

と訳した。サムエルは茫然自失である。それを見た名村は少し考えた。そして、

「シンク　ディファレント」

と付け加えたのである。

その言葉に、サムエルは刮目した。一気に体温が上がったのか顔中を朱に染め、

「ご伝授、かたじけない！」

サムエルは村垣の手を握りしめた。そして握った手を上下に何度も振った。また泣き始めた。

小栗が「やり過ぎですぞ」という目をしたが、村垣は感激にむせぶサムエルに言ったのである。

「最初ははまぐりじゃ。精進あれ」

それで……

サムエルはニンジャになれたのか？

銅像にそんなことは書いていないし、伝え聞く者もいない。

アメリカ映画に「ニンジャ」が登場するのは、二十世紀に入ってからのことである。

四

遣米使節団その後である。

正使新見豊前守、副使村垣淡路守以下、七十七名がニューヨーク入りしたとき、市民の熱狂は最高潮に達した。

フィラデルフィア造幣局における会議が連日報道されていたせいもあり、最初は、

「野蛮人と宇宙人を混ぜたような生き物」

と揶揄していたものが、今や、

「高度な知性を持つ来賓」

「チョンマゲはメンズファッションの最高峰」

賛辞の雨あられとなったのである。

ブロードウェイのパレードには鼓笛隊や騎馬隊一万人が動員され、マンハッタン南端のボーリンググリーンからセントラルパークまで桟敷が組まれた。席を確保するためにダフ屋が出て、料金もみるみる高騰した。

「絶景でござるな」

新見は自慢のキセルに葉巻を立てて吸い、それが新聞の一面に載った。

村垣はカウボーイハットのてっぺんに穴をあけ、そこからチョンマゲの先を出した。

今や日本人のすることは何でもカッコイイ。

史上空前のフィーバーである。

西洋風の社交術が水に合った為八は「トミー」という愛称で呼ばれ、ギャルからオバサンに至るまで、アメリカ女性の間でたいへんな人気者になった。ブキャナン大統領の遠縁にあたる婦人は彼を自宅に住まわせ、大学まで出してあげたいと申し出た。

村垣はカウボーイハットの縁をちょんと持ち、観衆に応えた。

隣に座る小栗が言った。

「しかし村垣殿。まずははまぐりとは、名言というか迷い言でしたな」

「軍艦と交換などと、あちらのほうが迷い言だよ」

「まさしく、そうですな」

村垣は言った。

「デュラン大佐からの手紙を受け取った。毎日茶漬けを喰っている、おかげで調子がいい、充実していると、感謝の言葉が書いてあった。饐で充実するなんぞ勘違いだが、太りすぎにはいいかもしれない。からだの鍛錬もいくつか方法を書いてやった。重石を持ち上げる、坂を駆ける、木登り、水練、と、ありきたりなことじゃが、それを三年励めと言うたわい」

「西洋風にいえば、『トレーニング』ですな」

「それだけでは満足せんだろうから、ニンジャの修行方法も書いてやった。桑名に伝わる書が村垣家にもあってな、いくつか思い出しながら名村に訳してもらった」

「桑名藩の家老は服部正義でござるな」

「まさに、十二代服部半蔵よ」

「しかし淡路殿、忍法は口伝のみと、デュランに申されましたぞ」

「多大な感謝にこたえて、特別に伊賀・服部家の術を書きしるす、と、もったいつけてやったよ。走狗の術、跳躍の術、火遁、水遁、蘇生の術」

「罪ですよ。修行したところで、できるはずもない。蘇生術なんて、いったん死んで生き返る」

「体温を下げるのよ」

「蛇や蛙じゃあるまいし」

「とにかく送った。するとホテルに伝令が来た」

「ああ、あの、馬に乗った立派な軍人でござるか」

「さっそくのお礼だったよ。発つ前に捕まえたかったんだろうが、やつもていねいなこった」

　村垣はそこまで言って、可笑しさをこらえた。村垣には珍しい。小栗は訊ねた。

「淡路殿、どうされたか」

「いやいや、失礼。伝令は別の依頼も持ってきておったんじゃ。これがおかしいというか」

「おかしい依頼ですと？」

「そうよ。ニンジャ修行のために、日本名がほしいというんじゃ。ぜひムラガキどのから名をいただきたいと」

「ニンジャ修行に名は要らんでしょう」

「要るとか要らないとかではないのだろうな」

「では、名をつけてやったのですか」

「ささと書いて、伝令に言付（ことづ）けたわい」

「どんな名を？」

笑顔になりそうな顔。村垣は頑張って引き締めた。

そして言った。

「イーガ・コーカじゃ」

「イーガ・コーカですと？　伊賀甲賀（こうか）」

「良い名であろう」

「あの男、まともに取るかもしれませんぞ」

「しゃれではないか。イーガ・コーカなど、笑い話ですむわい」

「そうでございますなあ」

小栗は言った。

「文化と文化が出会うときにはまず勘違いが起こります。されどしあわせな勘違いこそ、国や人種を超えた友情につながる」

「貴殿の外交論であったの」

村垣は満足げな目である。

「あいもかわらず、小栗はむずかしいことを言いよる。しかしまさしく友情じゃ。やつが江戸に来ることでもあれば、さらなる友情を深めよう。茶漬けなら絶品を喰わしてやろうぞ。越後の米に紀州の梅、焼き鮭のほぐし、伊豆のわさびをちょいとのせ、京の漬物、駿府の新茶。白魚のような芸者の指が茶碗を持ち上げて『だんさん、おひとつどうぞ』。それが茶漬けじゃ。教えて進ぜるわい」

小栗は言った。

「拙者もぜひ同席をねがいまする」

ブロードウェイを進む馬車。観客は途切れない。

小栗は思った。デュラン大佐も異文化と交わり、人間として一歩前進したのかもしれない。自分たちが少しでも役に立ったのならうれしいことである。しかし日本人こそ、遥かにたくさんのことを学ばせてもらった。そして成長した。成長したという自覚のある者は幸いだ。自覚せずとも、誰も確実に一歩進んでいる。

小栗はとくに、名村の通訳を思い出した。

小栗は言った。

「淡路殿、造幣局での名村ですが」

「通詞の名村か」

「デュラン大佐に茶漬けの御託を、村垣殿、あることないこと話されました」

「そうだったかの」

「無すなわち夢であると、禅問答のようなことを言われた。理解してもらおうとは、思ってはおられなかったでしょう。おそらく、村垣殿のだじゃれでござったのであろうが」

「そうじゃ、ムとムじゃ」

「日本語の語呂合わせではありませんか。アメリカ人に伝わるはずがない。ところが、名村です」

「名村がどうした」

「シンク　ディファレント、です」

「何だって？」

「彼はシンク　ディファレント、と、訳したのです。なんと見事な翻訳であることか。心が揺れました」

　小栗は続けた。

「武道は心・技・体を鍛える修行の道でありますが、古い教えを守るだけで伝統は守れない。想像力を鍛え、変化させてゆくことも必要です。新しい時代には新しい考え方がなければならない。シンク　ディファレント、この言葉は次の時代の、いや、百年後の未来へ続く格言となり得る言葉です。名村もこの旅でひと皮剝けました」

「そうなのか。めでたいことよ」

「そうです。めでたいです」

　沈着な小栗が興奮気味に言った。

「日本の未来は明るいですぞ、淡路殿」

　小栗はマンハッタンの街並みを、若き心に還った目で見ていた。

両脇にそびえる高層建築は、見上げてもなお空へ続く高さである。どうやればこんなものをつくれるのだろう。

アメリカは遥かな文明国だ。日本人が学ばねばならぬことは星の数ほどある。

「幕府はいま、たいへんな時期にある。進んだ文明に触れた我らこそが、幕府を、いや日本国を背負わねばならない。無知な公家に無謀な攘夷論。外国と戦争して何になる？　無知こそは大罪だ。ああ、帰らねばならぬ」

小栗は思わずにいられなかったが、はしゃぐ新見の姿には顔がゆるんでしまった。ワシントンで大統領に国書を奉納し、狩衣に烏帽子の盛装で粛然と振る舞った新見が、平和の象徴、黄色いラブ&ピースの旗を振っているのである。

村垣が小栗の心配顔に笑った。

「心配するな、小栗。徳川も変わろうとしている、きっと我らの知見を聞き届けてくれる。なんなら今夜、大越殿（大久保越中守一翁）に電話してみようぞ。茶漬け話に大笑いするわ」

万延元年といえば春の三月三日、激動の幕末の象徴、桜田門外の変が起こった年である。

アメリカにおいても翌年に南北戦争がはじまり、ロシアでは農奴解放令が出された。世界が、地球規模で大うねりを起こしはじめた年だったのである。

村垣は帰国後、功績により三百石を加増され、五百石取りとなった。同年十一月には全権大使としてプロシアとの日普修好通商条約を締結した。文久三年（一八六三年）六月に作事奉行（さくじ）、翌元治元年（一八六四年）には西の丸留守居（るすい）、若年寄（わかどしより）支配寄合となったが、そこで大政奉還となる。慶応四年（一八六八年）には病のためと称して隠居し、淡叟（たんそう）と号した。明治十三年（一八八〇年）東京にて没。享年六十八。墓は谷中（やなか）墓地（東京都台東区）にある。

村垣はサムエルに多大な影響を与えたが、日本人侮るべからず、とアメリカ人に強烈な印象を残したのは小栗であった。

その小栗も人生を急いだ。

幕府の行政改革、外国商館の経済支配からの脱出、国家財源の開拓とコンペニーの設立、横浜製鉄所と横須賀造船所の建設、ガス灯の普及と江戸・横浜間の鉄道の建議……それらすべては明治政府に引き継がれたが、小栗自身が明治政府に参加することはなかった。

慶応四年、官軍に捕縛され、五月二十七日、高崎烏川(からすがわ)の水沼(みずぬま)河原で斬首という最期を遂げたからである。

アメリカで世界へ目を広げた若者の多くは幕府の家臣であった。

彼らは薩長を中心とする官軍と衝突し、多くが維新の露と消えたのである。

ノブレス・オブリージュ……品格者が果たすべき義務。

大和武士、小栗が示した意気はアメリカでゆるぎない評価を受け、その大地に確かな足跡を残した。

しかし、実は小栗もはしゃいでいた。

目にするものみな面白く、声を上げたいほどに心が弾んでいたのである。

小栗は最期を迎えた。

「今生(こんじょう)の別れじゃ」

フィラデルフィアの造幣局に咲いたマトリカリアを想った。

「下手な歌を作ったの」

小栗は「ふふ」と笑った。
マトリカリアの日本名は夏白菊。
後に花言葉を知った。

君あれば淋(さび)しからず

生まれ変わったら、また会おう。
旨い茶漬けを馳走するよ。
小栗は世界で出会った友人たちに話しかけながら、時代の中に散ったのである。

五

時代は万延から文久、元治と進んだ。幕末の動乱期である。アメリカも国を二分する南北戦争が一八六一年（万延二年）四月にはじまり、一八六五年（元治二年）五月に終わった。

終戦後まもない翌月の六月二十三日、サムエルは没した。

軍人サムエル・スイード・デュランは革命とともに起ち、戦の終息で天に召されたのである。

葬儀は海軍の礼に則って、しめやかに行われ、遺体は故郷ウィルミントンの墓地に埋葬された。

とある。

ところが、ひとつの事実が秘されていた。

星条旗に包まれた棺は土に埋められたが、そのなかに遺体はなかったのである。

サムエルは一八五〇年代の中頃から、血糖値異常になっていた。食べすぎ飲みすぎ太りすぎの成人病である。ところが、戦争が終結する一八六五年になると見違えるような痩身となった。軍人としての激務が成人病を吹っ飛ばした、と評した新聞記事もあったが、サムエル個人を知る者はそう思わなかった。どう見ても痩せすぎだったのである。身長一九〇センチ、体重百二十キロの偉丈夫で通してきたサムエルである。その彼が修験者（しゅげんじゃ）のように痩せこけたのだ。がんに違いない。家族は「とにかく医者にかかって治療を」と何度も諭（さと）したが、サムエルは拒否し続けた。そして戦争が終結すると寝込んでしまい、六十一歳の生涯を閉じることになったのであった。

軍人として生き、使命を終えて逝（い）った。あっぱれな生涯だ。家族は悲しみのなか、葬儀を行った。

しかし、である。

戦時中から、サムエルはおかしかったのである。

戦争開始二年目の七月十六日には海軍少将となった。鉄装甲艦の指揮を任されるアメリカ海軍最初の将官にもなり、艦船とともに装甲艦も指揮することになった。初期は連戦連勝。ところが途中から敗けを繰り返すようになり、本部勤務へ引き揚げられた。

けちのつきはじめはマカリスター砦への攻撃だった。ほうほうの体で退却となった。南軍続くサウスカロライナ州チャールストン、サムター砦への攻撃でもしくじった。南軍に対する港の封鎖が不完全で、陸軍の支援がなければ占領できないと分析されたが、サムエルは強行、装甲艦での攻撃命令を出した。そして失敗した。五艦の装甲艦が航行不能になり、一隻は沈没させてしまったのである。

海軍長官のギデオン・ウェルズが議会でサムエルを非難した。サムエルは逆ギレし、ウェルズを辞めさせよと、脅しに近い運動を起こした。

「前線を知らない文官が何を言うか！」

「チャールストンの敗因は無謀な命令にある。サムエルこそ辞めよ」

ののしり行為の応酬になった。

新聞も書き立てた。しかしサムエルには強力なコネが多数あった。賛成派議員を徒党化して議会を紛糾させ、最終的には、どちらともつかない調査で終わらせてしまった。リンカーン大統領はさすがに不快感を示した。するとサムエルはホワイトハウスに乗り込んだ。大統領は戦争の英雄を邪険にもできず、扱いかね、結局無視を決め込んだ。譴責（けんせき）しないが、名誉も与えない。知らんふりをしたのである。

サムエルは前線から退いたが、中央官庁でも元気いっぱいであった。しかし痩せ続けた。恰幅の良さと押し出しの強さで、海軍の雄と謳（うた）われてきた男である。痩せすぎのからだに、妻や娘、友人たちは真摯（しんし）に心配した。世間はただ気味悪がった。奇怪なホラーと寒気を感じる者も多かった。

戦争の終盤にはさらに痩せ、骨と皮で生きているような姿になった。がんの末期だ。家族は我慢できず、毎日のように医者を呼んだ。そのたび、サムエルは追い返した。

一八六五年の六月。サムエルは深い眠りにおちた。呼びかけても目覚める気配がなくなった。

家族の希望は祈りへと変わった。

サムエル、あなたはよく生きた。安らかに眠れ。

医師が「明日をも知れぬ命」と診断を下すと、デラウェア、グリーンポイントに建つ壮大な邸(やしき)に親類縁者が集まった。

ここ数年、騒動も多かったが、一族は一貫してサムエルの正義を支持していた。海軍少将に昇り詰め、南北戦争の英雄となったサムエルは、デュラン一族の誇りなのだ。

医師がいつ、

「お別れでございます」

と告げるか、家族はただそれを待っていた。

脈をはかる医師が集中力を高めた。いよいよ最期か、一同も息を詰めた。

そのとき、サムエルが目を開いたのである。

「サムエル！」

妻のアン・マリー・デュランが声を上げた。

「サムエル、死なないで」

家族たちは入れ替わり顔をのぞき込み、呼びかけ励ました。

「われわれがついているぞ。しっかりするんだ」

サムエルの目は泳いでいた。わずかに残る力を振り絞るように、細い声を出した。

「サムエルは逝く。これでさらばじゃ。グッバイ・ディア・ファミリー」

「サムエル!!」

アン・マリーが被さるように抱きついたが、そのアン・マリーの耳元へサムエルは言ったのである。

「アン・マリー。そこにダグはいるか？」

ダグラス・マクドネル。戦友である。葬儀委員長を務める運びになっていた。

ダグラスはベッドの脇にいた。

「ダグもここにいるわよ」

サムエルは言った。

「ダグとふたりきりにしてくれ」

アン・マリーは戸惑ったが、ダグラスは身を低くし、ベッドの傍(かたわ)らで言った。

「前から頼まれていたんですよ。最期は無様(ぶざま)かもしれない。そんな姿を誰にも見せたくない」

アン・マリーは言った。

「そんな。わたしは妻ですよ」

アン・マリーは顔を染めた。いったんはショックを受けたようでもあったが、彼女は一転、まなじりを絞った。立ち上がりダグの目をまっすぐ見た。

息を吸い込み、胸をふくらませてから言った。

「軍人として死にたいのですね。サムらしいわ」

ダグラスはアン・マリーの手を強く握った。

「わたしにおまかせください」

アン・マリーはベッドに寄り、両手でサムエルの顔を包んだ。唇を合わせた。そして立ち上がり、背筋を伸ばした姿勢で部屋を出ていった。

家族・友人たちも、それぞれ名残(なごり)の一瞥を残し、ダグラスと抱き合ってから、部屋を出ていったのである。

一時間後。

ふたたび家族が寝室へ呼ばれた。

サムエルは動きを止め、顔には白い布がかかっていた。医師は言った。

「安らかに息が止まりました」

「苦しまなかったですか」

医師は無言で、ゆっくりとうなずいた。

うなづきがどういう答えなのか、アン・マリーにはわからなかったが、彼女はただ受け入れた。

みんな泣いた。ダグラスが言った。

「サムエルからみなさんへ、さいごにお願いがありました」

アン・マリーが訊ねた。

「何でしょうか」

「遺体を誰にも見せてはならない、ということです。妻のあなたにも、家族のどなたにもです」

サムエルの娘、アントワネットが訊ねた。

「最期のお別れもダメなの？　せめて、白い布をとって、お父さんに会いたい」

アン・マリーがアントワネットの頰を撫でた。

「おかあさんにはわかるわ。サムエル・スイード・デュランはアメリカ軍人として天に召されたのです。痩せたからだを見せたくない。あなたにもわかるわよね、アントワネット」

ひとしきり別れの儀式がすんだところで、ダグラスは言った。

「ここからはわたしにお任せください。棺を運び入れますので、みなさんはひとまずお下がりください」

アントワネットは名残が尽きそうになかったが、母のアン・マリーが背中を押し、やっとのことで出て行った。

ダグラスと医師は部屋の中から、家族に向かって一礼をした。

そして十日後の六月二十五日、デラウェア墓地にて葬儀が執り行われた。

牧師は話した。

「故人の遺志で、ご遺体はみなさまにお見せいたしません。しかしまちがいなく、星条旗に包まれた棺には海軍軍人サムエルの、勇敢な魂が納まっております。ご一同、祈りを捧げてください」

軍幹部たちも弔辞を述べた。

「サムエルは戦う男だった。われわれアメリカ合衆国軍は、その記憶を永遠に留めます」

軍人たちは星条旗に抱かれた棺を担いだ。

「なんて軽いんだ」

軍人たちはその軽さに哀しみを込めたが、声にする者はなかった。

棺は地中に埋められた。

さて、医師が家族に死亡を告げた寝室でのことであった。ダグラスは、

「あとはわたしが取り計らいます」

と残り、家族が出て行くとたちまち動いた。

用意しておいた薬剤をハンカチにしみこませ、サムエルの鼻にかぶせたのである。

薬剤の主成分はモルヒネで、サムエルが指定した薬草エキス数種類を混ぜ、アルコールで溶かしてある。

サムエルから、一時間後に心臓マッサージをはじめよと指示されていた。

「目覚めるまで何度もやってくれ。力をこめて叩け」

　ダグラスは、心臓を叩いた。

　一度、二度、三度。

　反応がない。

　これでいいのか？　大丈夫なのかと思いながらも叩いた、四度、五度、六度……

　もう一度と腕をあげたとき、サムエルの目が開いた。

「サムエル！」

　ダグラスは小さく叫んだ。声を漏らしてはならない。

　サムエルは何度か瞬きをした。目を左右に、天井や壁を眺めた。それから、ほほえんだ。ダグラスは瞳孔をのぞき込んだ。息もある。

「これが、ニンジャの生き返る術なのか」

　サムエルは答えた。

「そうかもしれないが、うまく死ねなかった。だからずっと起きていた」

「死んでいなかったって？　しかし、医師の先生は」

「芝居に付き合ってくれたのよ」

「そうなら言っておいてくれ。俺の心臓が止まりかけたぞ」

「お前のが止まってどうする。しかし娘が布をとると言ったのには、さすがにあせった。うまくやってくれて助かった」

「薬で仮死になるんじゃなかったか。魔女の薬かと思ったが」

村垣から届いた「忍法帳」には「仮死の術」と「蘇生術」があり、そこに薬の製法もあった。

「レシピ通りに作ってはみたが、そいつ、とんでもなく臭い。臭さで目覚めたわ」

「とにかく、効いたということだな」

サムエルはほほえんだ。

「そうかもしれん。この通りだ」

サムエルは背を起こした。

ダグラスは「ちょっと待て」とドアへ進み、細く開けて外を確認した。

屋敷は静まりかえっている。

サムエルは言った。

「さあ俺は人生の最後を彩る旅に出かける。ダグ、あとを頼む」

「ああ、再会が楽しみだ」

「どんな再会になるのやら」

サムエルは夜を待ち、家を出た。

向かったのは、アーカンソー州のリトルロックであった。

北軍の将校だった人間が、南軍の基地があった都市へ旅するなど無謀である。戦争は終わったが温度は残っている。家族・友人を殺された恨みは簡単に消えない。

しかし近隣を出歩くことはもっとできない。死んだことになっているからだ。南部の州へ入ってしまえば知り合いと出くわすことはない。万にひとつ憶えている人間がいたとして、ヨガの聖者がごとく痩せたいまの自分を、誰がかつての司令官と思うであろう。

アーカンソー行きにはそんな理由とともにもうひとつあった。米作が盛んで、日本からの移民が「ジャポニカ米」さえ作っている。

村垣からサムエルに、伊賀・服部家に伝わる修行入門手引書を送ってきていた。走狗の術、跳躍の術、火遁、水遁、蘇生の術。そして日々の食事について。

村垣と同じ日本米を喰うのは修行の一環なのだ。

同封の手紙には、

「三年修行をおさめれば弟子にしてやろう」

とも書いてあった。

サムエルは突き進んだ。雑念を消し、一心不乱の思いを持ち、日々、鍛錬を続けた。レッグ・エクステンション、サイドレッグ・ツイスト、バック・エクステンション、閉眼片足立ち、ツイストクランチ、レッグレイズ、バックキック、フロントブリッジ、ツイストクランチ……。食事は湯をかけた白米、木の実、野草。

リトルロックの山中で三年過ごした。

からだから、だぶついた脂肪の一切が消えた。代謝能力は格段に向上し、成人病などどこぞへと影をひそめた。

サムエルは修行を切り上げた。いよいよ日本。村垣の弟子になるのだ。

六

ダグラスは海軍の文官としてワシントンD.C.の中央政府に勤めていた。

サムエルが生きていると知っている、ただひとりの人物である。偽装臨終に協力してくれた医師は、昨年亡くなっていた。

ポトマック川の畔、サムエルが河原に座っているとダグラスが近づいてきた。サムエルのほうが立ち上がり声をかけた。

「元気でやっているか」

「それはこちらのセリフだ。サムなのか？　ほんとうにサムなのか？」

「正真正銘のサムエル・スイード・デュランだよ」

「信じられん。ほんとうかよ」

ふたりは何度も抱き合った。

「あの世から蘇った男か」

ダグは旧友のからだを端から撫でた。頰、首すじ、上腕、胸、腰、背中。

「その節は世話になった」

「死にかけた人間が、ここまで逞しくなるのか」

「死にかけちゃいないよ。あんときも、長年の飽食をデトックスした結果さ。慣れないことで体力を極限まで失ったがね」

サムエルはいたって真面目に答えた。

「そのあと三年、ムラガキの教え通りにトレーニングをした」

「ニンジャ修行か」

「まだまだ。修行させてもらうための、準備にすぎない」

サムエルは言った。

「生まれてこのかた、こんなに体調がよいと感じたことはない。六十歳を過ぎてのまさかだ。日本のサムライというのはすごいもんだ。もっと近づきたい、神秘に迫りたいよ」

ダグラスも村垣のハシゴ飛びに驚嘆したひとりであったが、サムエルのように、信仰に近いほどの情熱は持たなかった。ただ、サムエルの情熱は友として理解した。福音派教会員でもあるじぶんが葬儀の偽装を手伝うなど、二の足を踏まずにいられなかったが、一世一代の大芝居だ、手伝ってくれ、と懇願されたのだ。

いずれの日か「あれは冗談だった」と家族に笑って迎えられる、そうなると信じたからこそ手を貸したのだ。

しかし芝居どころではないのだ。このサムエルの本気度合いはどうであろうか。骨と皮だった肉体をここまで鍛え上げられるものだろうか。村垣の教えを三年、山中で続けたという。

そしてついに日本へ向かうという。彼はいままた助けを求めに来た。

ふたりはポトマック川を見渡す公園にいる。

対岸はヴァージニア州だ。南北戦争では敵地だった。南部の首都リッチモンドはここから一〇〇マイルしか離れていない。広いアメリカで一〇〇マイルなど、目と鼻の先だ。そういった地政学的な理由があり、ポトマックでは攻防戦が何度も行われ、多くの同国人が死んだ。いま、対岸すぐの場所には、戦没者を慰霊するアーリントン墓地ができている。

絶えない川の流れを見れば、感傷に浸らずにはいられない。

特にサムエルは感慨を胸に抱えた。

「三年か。過ぎ去ったばかりのようで、遠い昔のようで」

ダグラスは感傷よりも好奇心が勝っていた。サムエルをまだ、じろじろ見ていた。

「そう見られると照れるぞ」

「しかし、なあ」

ダグラスはしゃべり出そうとしたが、サムエルは遮(さえぎ)って訊ねた。

太平洋を渡る話をしに来たのだ。

「ダグ、段取りは決まったのか。すぐに発(た)てるのか。どの郵便船だ」

「そうじゃない」

「船はあるんだろうな」

ダグラスからの手紙では、日米間に就航した定期郵便船を捕まえてみる、と書いてあった。

「郵便船じゃないということさ。結局、軍艦シーショアに乗せてもらえることになった」

サムエルは驚いた。

「シーショアだって？　あれが日本へ行くのか。しかし」

「委細承知だよ。軍にはトモダチが多い。助けてくれる」

「トモダチと言ったって」

海軍の英雄サムエルは墓地に眠っているのである。しかも海軍葬を執り行った。

ダグラスは言った。

「トモダチはロバート・ファンケルさ」

「ボブだって？　調達部門にいたボブなのか」

「人事指令を出してくれた。日本側で迎えるメンバーへの人事発令さ」

「日本側で迎える？」

「やつはいま江戸にいるんだよ」

「なんだって！」

「タウンゼント・ハリス閣下から三代目の駐日公使さ」

ファンケルは北軍の軍人で司令官にもなったが、主には兵員調達部門を率いる官僚として働き、サムエルの指揮下にも相当数の兵員を送り込んだ。

ダグラスはファンケルが日本へ赴任する直前で捕まえ、便宜を申し入れたのだった。

ファンケルは驚き、

「あのサムエル・スイード・デュランなのか？　生きて、ニンジャの修行をしているって？」

ひとしきり大笑いしたあと、快諾した。

「おれはサムエルが好きだったよ。現代には珍しい快男児だ。生きているって？　そりゃあ、めでたい」

ダグラスは茶封筒から書類を抜き出し、サムエルに見せた。

日本への派遣命令書である。宛名はイーガ・コーカ。

「ボブは笑いながら署名しただろうな。想像に難くない」

サムエルは命令書を読んだ。

職種は測量士、派遣先は兵庫とある。

「兵庫というのはすったもんだの末、最近港が開かれたところだ。そこに外国人居留地の建設がはじまる。アメリカも乗り込むことになって、土木・建設関係の人間は引く手あまただ。お前は測量ができるだろう。できなきゃ、海軍の司令官なんてなれないからな」

「土木工事の測量士か」

ダグラスは言った。

「村垣に会いたいんだろう」

「それはそうだが……」

「ボブは村垣のことを調べてくれた。そこで兵庫行きとしたらしい。ちょうど兵庫が開港したのは運命かもしれないぞ、とボブは伝えてきた。詳しいことはお前が日本に着くときまでにまとめておく、ということだ」

「謎だな」

サムエルは神妙に言った。ダグラスはその表情に吹き出してしまった。

「何が謎なもんか。お前の行動がいちばん謎だ。わかっているのか」

「そうか」

「とにかく、日本も我が国と同じように内戦が起こった。お前が山にいる間にな。ボブが日本の情報を送ってきている。日本と諸外国、もちろんアメリカとの関係も変化しているんだよ。そんな時期に兵庫が開港した。読んでみればいい」

外交官としての報告書は時系列にわたって細かいものだった。サムエルが関心を向けた箇所を要約すれば以下のようなことである。

安政五カ国条約ののち、朝廷から兵庫開港の勅許が得られたのは、一八六七年六月二十六日（慶応三年五月二十四日）のことである。幕府は二度にわたって勅許を要請したがいずれも却下され、慶喜自身が参内し、朝議を経てようやく勅許を得ることができた。しかし朝廷は反対意見で寝返った。約束を実行させるため、パークスの提案で英・仏・米の三ヶ国十八隻の大艦隊で兵庫沖に到着し、一八六八年一月一日（慶応三年十二月七日）、兵庫はついに開港した。港は幕府直轄であったが、直後の慶応四年一月三日（一八六八年一月二十七日）、鳥羽・伏見の戦いが勃発。戦いに敗れた徳川慶喜は一月六日夜、天保山沖に停泊中の米国軍艦イロコイに一旦避難し、幕府軍艦開陽丸で江戸に脱出した。

そして大政奉還と明治維新。港は新政府の管轄のもと世界に開かれることになった。

ダグラスは言った。

「幕府がなくなって村垣も江戸を離れた」

「そうなのか」

「革命が成立したんだ。ボブはいっとき、将軍を大坂から江戸へ逃がす手伝いをする羽目になったそうだが、いまや新政府との折衝でクソ忙しいらしい。出迎えはするから、あとは勝手にやってくれ、ということだ」

「革命後の日本か。ふむ」

サムエルは情報を頭のなかで咀嚼（そしゃく）している。ダグラスにはそう見えたけれど、サムエルが計画している行動はまるで冗談にしか見えない。しかしそこには真摯な精神がある。これがサムエル・スイード・デュランなのだ。そういう男なのだ。ファンケルが大真面目に対応してくれたのも、そんなサムエルの精神によるものかもしれない。

ダグラスは言った。

「しかし、ボブがなあ」

「なんだよ」

「お前は軍のはみ出し者、無法者だったじゃないか。真正直なボブが協力してくれるなんて信じられん」

「昔の話だ。見ての通り俺は変わった」

「イーガ・コーカだったな。誰もかつての暴れん坊、サムエル司令官とは気づきようもない」

サムエルは命令書をながめながらつぶやいた。

「測量士か」

「とにかく段取りは決まった。船出は来週、ニューヨーク港だ」

七

一八六八年五月吉日、シーショア号は日本へ向かった。アメリカは新政府を支援するイギリスと同調しており、数隻の軍艦を派遣するよう要請を受けていた。戦闘は予定されていない。いわゆる外交上のプレゼンス、巨艦による米英協調の示威行動である。とはいえイギリスは同調と同時に商売では競争相手であった。兵庫開港後の初期利権はつかみ取り状態になる様相で、そのためにはイギリスが先行する居留地建設に参加しておく必要がある。シーショア号は土木、建設、治水、測量といった技術職人材の輸送船でもあった。

サムエルは同艦した技師たちとは話さないようにしていた。軍艦乗りたちとはことさら距離を取った。体型が激変したとはいえ、サムエルは海軍の有名人だ。あらぬ噂が立つリスクは避けねばならない。サムエルは持ち込んだ米だけを食べ、四カ月を静かにやり過ごした。

あと二週間で到着するという日、日米太平洋間に就航した郵便船と出会った。郵便船は小船を下ろし郵袋を運んできた。公式通信物、日本や香港で発行された英字新聞などである。そして郵便物の中に、駐日大使ファンケルからの一通があった。通信兵がサムエルの元へやって来た。

「俺に?」

「イーガ・コーカあての書簡であります」

「そ、そうか」

通信兵は次の郵便を配りに行った。

——ボブが日本到着までに情報をまとめてくれる。

ダグラスが言っていた。村垣あるいは小栗についての情報だろうか。いち早く郵便船で届けてきたのかもしれない。几帳面なボブらしいことだ。

サムエルは胸の前で手を合わせ、封を切った。

手紙の一枚目は、予想通り、村垣と小栗の消息であった。

ところがそれは、驚愕の内容だったのである。

「幕府を追われた村垣は依然行方不明。小栗は新政府に捕らえられ、先月五月二十七日、死刑となった」

死刑だって!!

短い記述である。文面は至って簡素なものだった。読み間違えようもない。裏返してみる。隠し文字があるわけでもない。

あの小栗が?

頭脳明晰、世界を相手に渡り合った、あの沈着冷静な小栗が?

サムエルは震える指で二枚目へ進んだ。文字が詰まっていた。

それは、ボブからサムエルへの、個人的な手紙であった。

親愛なるサムエルへ

君が生きている。ダグラスから聞いたとき、かつがれていると思った。しゃれがきついぜ、立派な海軍葬が執り行われたじゃないか。葬儀の日は、D.C.にいる我々文官たちも感慨ひとしおだった。あのサムエルが死んだのか。敵を駆逐するが、軍内部にも政府にも敵をつくり、そっちでも戦っていた。わたしはそんな君の存在をいつも、面白おかしく眺めていた。悪い感情などなかった（直接的な被害をこうむったわけではなかったからね）。そんな君が日本に行きたいという。理由を聞いて驚いた。ニンジャの修行をするというではないか。日本人遣米使節団の評判は聞いていた。しかし彼らに弟子入りしたいとまで思う君の気持ちは理解不能だった。ただ思った。サムエルなのだ。サムエルのことをわかる必要はない。わたしは、わたしのできることをすればいい。それがわたしの日常でもある。ワシントンでは、理解不能のことも淡々とやり過ごすんだよ。わたしはそんな日常に慣れている（めんどうな御託を聞かせる必要はないね）。

話を進めよう。日本へ旅立つ段取りはしてやれる。しかしいま日本がどうなっているか、知っておかねばならないぞ。君が会いたい村垣にも関係あることだからだ。日本では革命が起こり、旧政権が転覆した。戦争はまだ各地でくすぶっているが、新政府が樹立され、着々と骨格をつくりつつある。新政府を支援する立場を決めたアメリカは時勢を探りながら忙しく動いている。わたしも新政府の連中と毎日のように会っている。

ただ、そのなかに村垣も小栗もいない。

小栗の件は先に書いた。彼は旧政府の軍政担当としてフランスと組み、強力な軍隊を創設しかかっていた。故に新政府軍の目印となったのだ。革命とは宿命だ。戦士は死を受け入れなければならない。

魂よ永遠なれ、祈るしかない。

わたしは村垣の消息を追った。旧政府では幹部だったから、誰か知っていそうなものだが、まるで行方不明なのだ。小栗があ あいうことになったのだから、顔をさらすわけにもいかないだろう。村垣がほんとうに術を使うなら、隠れることなどたやすいのかもしれない。そんなプロフェッショナルを見つけるすべを、残念ながら、わたしは持たない。わたしはわたしのできることをする。あとは君自身で探すしかない。

以下、参考になるかもしれないことを記す。不確実な情報であるが、闇を手探りで歩くよりはましだろう。

旧政権において村垣の官位は淡路守といった。アワジとは兵庫の対岸にある島で、兵庫港から数マイル先でしかない。サンフランシスコ対岸のマリン郡と思えばいいだろう。村垣を探すなら、まずはアワジへ行ってみるのはどうだろう。次のキーワードはやはりニンジャとなる。ニンジャとはサムライのなかの特殊技能集団のことで、伊賀や甲賀と呼ばれる山中の隠れ里に住んでいる。サムライは誰しもその里のことを知っている。そしてそこは兵庫から近い。(江戸からは遠い)兵庫から大坂を過ぎ、山を踏み越えていく。そこが伊賀と甲賀だ。

里に入ればきっと、村垣の消息をつかめるであろう。まずはアワジ、それからニンジャの里を訪ねてみることだ。

君が来るタイミングで兵庫に港が開いた。宿命かもしれない。

ちなみにこれを日本では、ワタリニフネという。

追伸

君はイーガ・コーカという日本名まで持っているそうではないか。あいもかわらず、愉しい男だ。

幸運を祈る。ボブより

八

村垣の消息がたぐれないなか、ファンケルは多少でも探索のきっかけになるかと、そんな「トリビア」を書いたのだが、アワジシマはガセネタだった。受領名は住所にヒモづくものではないからだ。たとえば、明智光秀は日向守（ひゅうがのかみ）だが、日向（宮崎県）に行ったことがない。勝海舟安房守（あわのかみ）（千葉県）もしかり。村垣の淡路守もしかりだ。「領地」と「守」との組み合わせは理念上の話なのである。形ばかりが儀式化した武家社会の一面だ。

サムエルは淡路島で無為の日々を過ごした後、洲本（すもと）から泉州の深日（ふけ）へ船で渡った。紀ノ川を遡（さかのぼ）りながら奈良を越えて名張（なばり）、そして伊賀に入った。

サムエルはついに、ニンジャの里にたどり着いたのである。

しかし隠れ里とはいえ、明治維新で社会がひっくり返っていた。サムエルは村垣の消息を誰彼なく訊ねたが、もとより江戸在住の旗本を知る者はなかった。

ともかく、修行だけは続けよう。サムエルは炭焼小屋に住み着き、山や谷を走り回った。身長一九〇センチ、金髪の異人は気味悪がられたが、村人にこころ通じる何かがあったのであろう。食べ物や酒を持って訪ねる者も出てきた。しかしサムエルはていねいに断った。

「ほんまに、修行されとるんやの」

村人は感心しながら、それならと、こんな提案をした。

「あんた、お伊勢参りをするがええで。ニンジャといえサムライといえ、おおもとはお伊勢さんじゃ。熊野路へも行きゃあええ。御利益が一倍あるわ」

サムエルは日本古来の信仰に触れる旅へいざなわれたのである。

江戸時代「伊勢へ七度（ななたび）、熊野へ三度（さんど）」と謡われたほど、この二カ所を参拝することは、庶民の憧れであった。

たどり往く場所はそこなのかもしれない。村垣に会える保証はない。しかしそれなら村垣が醸し出す崇高な精神の本尊に触れてみようではないか。

村が宴を張ってくれた。神社の境内で車座を組む簡素なものであったが、村人たちは前途を祝してくれた。金髪の巨人も見慣れてしまえば友だ。酒がまわった。サムエルは湯漬けを酒がわりにすすりながら笑顔を交わした。そしてこの宴の風景に気づいたのである。これはあの、造幣局の芝生での、サムライたちではないか。

サムエルの胸が熱くなった。自分はいま、あのサムライたちと同じことをしている。

サムエルは茶碗を抱えながら、嗚咽(おえつ)を漏らしてしまった。

「泣いとるんか。あんた、ええ人やのお」

村人は碗をのぞき込んだ。

「しかし、愛想ないもん食うとるなあ。ちっとは飲まんかね」

「いえ、酒は」

「ほなら、そうやの」

村人は宮司に声をかけた。すると宮司は小壺を持ち出してきた。梅干しである。村人は指でひとつつまみ出し、サムエルの茶碗に落としてやった。

「日本一の梅や」

村人の自慢は正しい。紀州田辺(たなべ)産の南高梅(なんこううめ)で、献上ものなのである。

伊賀の里は徳川家と古い因縁でつながっている。本能寺の変で家康が追われたとき、服部半蔵指揮下の伊賀衆が、手勢たった三十人ほどの家康を守り三河(みかわ)へ逃がした。江戸幕府樹立後、家康は十男の頼宣(よりのぶ)を家祖とし、紀州を御三家のひとつとしたのである。徳川家は生涯、服部家への恩を忘れないのだ。

「まあ、そういうことよ。昔、大御所さまとそんなことがあったらしゅうて、こんな里にも紀州徳川家から献上梅を分けていただけるわけだ」

　サムエルにむずかしい日本史はわからなかったが、服部という名には激しく反応した。

「ハットリですと？」

「わしもハットリやで。この村はハットリだらけ」

「なんと！」

村人はサムエルが何に驚いているのかわからなかった。

それから村人は茶葉を取り出した。和束（わづか）の産で、これも献上品である。

「さあ、茶漬けにしたるわ」

村人は鉄瓶に茶葉を落とし、しばし待ってから湯を茶碗に注いだ。

　村垣が、

「日本へ来たらうまい茶漬けを喰わしてやるぞ」

と手紙に書いていたが、おそらくこの伊賀の里での南高梅と和束茶の組み合わせは、当時の日本では最高の茶漬けであったろう。

　夜が明け、サムエルはニンジャの里を後にした。村の女房たちがサムエルの背丈にあわせ白装束を仕立て直してくれた。袈裟（けさ）、菅笠（すげがさ）、金剛杖（こんごうじょう）も添えて。サムエルは旅の最後に、神と出会う道をゆくことになったのである。

サムエルは伊勢神宮を訪れ、日本の皇祖神アマテラスに触れた。熊野へ至る伊勢路へまわり、熊野本宮大社では戦いの神スサノオに願をかけた。

それから熊野古道中辺路をたどって田辺へ降りた。田辺港で船を頼むつもりであった。

日本からアメリカへ船が行き来しはじめたと、ボブから聞いていた。漁船で大坂か兵庫へ着けば、帰国船を捕まえられるだろうとも。しかし漁船を探す苦労はなかった。紀州灘に明光丸が浮かんでいたのである。

明光丸は紀州藩がイギリス商人トーマス・グラバーより購入したスクリュー推進蒸気船だ。激動の幕末を生きた船で、長州戦争では幕府艦隊の一翼として、兵庫から広島へ兵員や物資を輸送し、鳥羽・伏見の戦いの後には、紀州に逃げ込んだ会津藩兵を三河や江戸へ運んだ。サムエルが田辺に到着した頃は紀州藩の貨客船として使用されていた。さらにその後、日本国郵便蒸気船会社（亀山社中の一員だった岩崎彌太郎が経営し、後に日本郵船に継承）を経て三菱会社の所有船となった。明治七年（一八七四年）の台湾出兵でも徴用され一時国有化された。たいへん働いた船である。

サムエルは港の役所で交渉をした。

「あの船に乗せてくれ。オオサカ、ヒョウゴ、ヨコハマ、どこでもいい。アメリカへ乗り継ぎたい。もちろん船賃は払う」

　役人たちは扱いに困った。

　――この異人は何者か――

　ところがそこにも奇遇があった。陸奥陽之助がいたのである。

　のちの外務大臣陸奥宗光。神戸海軍操練所の塾生でもあった。塾は官制であったが勝海舟の私塾的傾向が強く、塾頭は坂本龍馬だった。陸奥は龍馬の一の弟子を自認し、海援隊員として長崎でも活動した。龍馬の目を通して世界を見ていた。そんな陸奥である。異人に驚くことはない。

　陸奥は新政府の外務に携わりながら、兵庫県知事へ就任することも決まっていた。多忙を極めるなか、兵庫から江戸へ向かう途中で、生まれ故郷である紀州に立ち寄ったのであった。

　陸奥は英語がわかる。役所でわめく金髪の怪人が実は、アメリカ海軍の将軍であったことを知って驚いた。直接話をしてみればさらに驚いた。ニンジャ修行のため、村垣淡路守を訪ねて伊賀の地へやってきたのだという。しかしそこには村垣も、ニンジャもオニワバンもいなかった。せっかく来たのだからと、村人に伊勢参りを勧められ、熊野本宮も参って、いま田辺まで来た……云々。陸奥にはさっぱり理解できなかった。

　しかし海軍軍人であることは確かなようだった。明光丸の構造まで知っていたのだ。江戸末期、日本は百四十隻の外国船を購入したが、幕府、各藩とも諸外国に勧められるまま買った。価格も言い値だった。船の性能を比較検討できるほどの知識が誰にもなかった。

　陸奥はこの男に興味を抱いた。訊ねてみた。

「たとえば、徳川慶喜が使用した観光丸という船があるのだが」

　原名はオランダの「スームビング」である。

　サムエルは答えた。

「たしか、スクーナ級コルベットの蒸気外輪で一五〇馬力、大砲は十五門だったかな。非力で、戦闘には向かない」

　的確すぎる回答であった。

「では、貴国の甲鉄艦ストーンウォール号はどうか」

　明治新政府が購入を検討しているアメリカの軍艦である。陸奥は外務係として、まさにいま、購買交渉に関わっている。

　ストーンウォールは慶応三年（一八六七年）、小野友五郎を代表とする幕府の訪米使節が購入を約束した軍艦だが、翌慶応四年（一八六八年）の戊辰戦争で幕府が瓦解すると、新政府側が買い取ると申し出た。旧幕府に残った勢力は反発した。アメリカは局外中立の立場をとり戦争の決着がつくまではどちらにも売らないと宣言した。しかし奥羽越列藩同盟が崩壊するにいたって局外中立を撤廃、新政府への売却に同意した。ところが明治政府の財政が厳しくなってしまい、買うことに躊躇せざるを得なくなっていたのである。

サムエルの答えは驚くべきものであった。

「ストーンウォールは南北戦争中に南部連合の同盟国だったフランスで建造された装甲艦だ。戦争末期、南軍がハバナで係留しているとき我々北軍が包囲して奪い取った。わたしが海軍少将であった頃だ。排水量は千八百トン、全長六十メートル。装甲配置が艦首水面下に突出した衝角が特徴的だ。主機関はチューブラーボイラー二基と水平型レシプロ機関二基二軸で組み合わせてある。最大出力は千二百馬力。スクリューは一枚が推進軸に対して斜め四十五度に傾けられた長方形の四枚プロペラが特徴的で最高速力は十・八ノットとなる。三百ポンドのアームストロング主砲と船体中央に配置したライフル砲はすべて単装架だ。目標に合わせて臨機に撃ち分けられるから攻撃しやすいし指揮もしやすい。私は指揮もするが自分でも撃つ」

「海軍少将自ら撃つ」

「好きだからさ。砲がね。ストーンウォールの艦砲はできがよくて、若い砲手でも命中率が高い。指揮官は外套に両手を突っ込んで見ておればいいんだが、この砲の忠実具合がたまらないんだよ。これは洒落だけれど」

洒落？　何が洒落なんだ。

ともあれ、この異人は真の海軍軍人だ。軍艦についての驚異的な知識。実戦経験をふまえた上での解説には臨場感が満ちている。日本人が太刀打ちできるものではない。

陸奥は放心してしまった。

「おい、お前、寝てしまったか。まだ聞きたいか？」

陸奥はひと息間をおいた。細かい話は置いておこう。陸奥はこの船の適正価格を訊ねてみたのである。

「そうだな、五十万ドルというところではないか」

サムエルは言った。真面目くさった表情で。

「俺なら四十万に負けてやる。村垣にはたいへん世話になった恩もある」

「それはまことでござるか」

「まあ、値引きというより妥当な価格だね。まずはそれで交渉してみればよい」

なんとこころ強い情報であることか。四十万ならすぐにでも買える。陸奥はこれを、駐日公使のファンケルに、まっすぐぶつけてみようと思った。ところが、ファンケルの名を出したところ、サムエルは言ったのである。

「ファンケルだって？　それならもっと交渉してやるよ。俺のトモダチだ」

何という奇遇であろう。陸奥は思ったが、それは歴史の彼方(かなた)へ去った郷愁であった。海軍操練所の頃に出会っていたら、勝さんも坂本さんも喜んだだろうなあ。陸奥はサムエルを明光丸に乗せ、横浜まで連れていってやったのである。

サムエルが陸奥をファンケルに引き合わせる段取りはつけられなかったが、彼はファンケルに宛て、陸奥に世話になったことを伝える手紙を書いた。そして明治政府はストーンウォールを最終的に四十万ドルで買った。サムエルの手紙が売買価格に影響したかどうか、それはわからない。

横浜では、サンフランシスコ行きの郵便船が出発準備をしていた。陸奥は乗船を交渉し船賃も出した。別れ際、陸奥はサムエルに土産(みやげ)を持たせた。「田辺印」として樽(たる)詰めされ、江戸向けにも出荷されていた南高梅である。

「好きなだけお持ちください」

出航の日、背広に着替えたアメリカ人は見違えるようだった。

サムエルは新政府の高官に感謝をのべながらも、ひとつ、かなわなかった願いを話した。

「村垣殿に会うことがあれば、お礼を申し上げてください。あなたのおかげで、わたしは人生に深い意味を見いだすことができた。感謝のしようもないと」

陸奥は旧幕府高官との交わりはなかったが、ただ「承知した」と答えた。

サムエルは甲板で手を振った。

「また会おう、世界の友よ」

サムエルはアメリカへ帰って行ったのである。

九

サンフランシスコに着いたサムエルは時間を潰すことなく、駅馬車を捕まえ、ワシントンへ向かった。

まずはダグラスに会う。散々迷惑をかけた。報告したいことは山ほどある。

それより、最後にもうひとつ彼に頼みたいことがあった。

故郷に帰りたい。しかし、

「実は生きておりました」

葬儀はウソだったと、笑って詫びるわけにもいかない。

葬儀委員だったダグラスとともに帰れば、不審ながらも理解してもらえる気がする、と、自分勝手な理屈を考えたのだ。

そしてまたもやポトマック公園で再会した。

死地から蘇りでもしたかのようなサムエルに、ダグラスは驚き、あきれながらも、果てしない勇気と実行力に賛辞を送った。

ダグラスはサムエルの頼みを受け入れ、ふたりは段取りを相談した。

しかし故郷デラウェアへの帰還は、段取りどおりにならなかった。

サムエルが死んでしまったからである。

ダグラスと再会したワシントンの夜、サムエルはつい羽目を外した。

「修行は終わった！」

ビールにウイスキー、ステーキにハンバーグ、ソーセージにポテトフライ、アイスクリーム。

アメリカンな食事を食べまくった。懐かしくてたまらない。

土産話は大笑いとともに弾んだ。

故郷への帰還も、サムエルらしく単純明快にやればいい、と腹をくくった。

家族や友人たちはどんな顔をするだろう。腰を抜かし、怒り、笑い転げる。失神する、泣き叫ぶ。でも結局肩を抱き、帰還を祝ってくれる。

ところがそんな食事中、サムエルは急性の脳梗塞(こうそく)を引き起こしたのである。

サムエルは脚気(かっけ)になっていた。長い航海で栄養不足になる船乗りの労災である。サムエルには長年にわたる粗食もあった。そんなからだに、久方振りの豪勢な食事は無謀であった。血糖値が急激に上昇し、脳の血管が破壊されたのである。

ダグラスは二度も、サムエルの葬儀を手伝うことになった。

またもやむずかしい仕事であったが、

「これで最後だ」

と、ダグラスは手順をていねいに踏んだ。

ワシントンで死亡証明を出してもらった。名はイーガ・コーカにした。一度正式に死んでいる。本名で埋葬許可を得ることはできない。

遺体をデラウェア墓地まで運び、空のまま埋めた棺に納める。そこで名が、サムエル・スイード・デュランに戻るのだ。

墓地を掘り起こす理由がないので、無関係な連中を金で雇った。さらに念を入れ雨の夜を待って埋葬した。

偽の葬儀から四年。サムエルは未来永劫の住まいに納まったのである。

次の日。快晴。ダグラスは礼服で墓地を訪れた。

ダグラスは語りかけた。

「お前と付き合うのはたいへんだった。しかし愉しかったよ。と言っても俺は観客で楽しんだだけ。舞台に立ったお前こそ、すこぶる愉しい人生だったに違いない。後悔はないだろうよ」

ダグラスは墓石に花束を手向(たむ)けた。

「ここは故郷だ。安らかに眠ってくれ」

花は可憐な夏白菊であった。

光を受けた花びらが風を受け、かすかに揺れた。

十

維新のあと、陸奥は岩倉具視に請われて外国事務局御用掛となった。明治二年（一八六九）には兵庫県の四代目知事にもなったが、勤務地は東京のままで兼務した。当時の知事は県庁所在地に常駐しないことも多かったのである。

陸奥は多忙を極め、サムエルのことを忘れていた。伝言を頼まれた旧幕臣、村垣のことなどさらに忘れていた。ところが、陸奥はその村垣に会った。

勝が所在を知っていたのである。

「隠居しちまったが、村垣は日本外交の恩人だよ。お前さん外務御用なんだろう。あいさつのひとつ、しておくがいいさ」

ファンケルが探しあぐねたのは、村垣が市井の隠居老人になっていたからだ。勝は近所づきあいのように、

「村垣は渋谷村で畑を耕しているよ」

と教えた。

陸奥は村垣を訪ねた。ていねいにあいさつをしたあと、サムエルからの手紙を渡した。

村垣は顔をしかめた。

「そんなアメリカ人は知らないねえ」

「ほんとですか」

陸奥はサムエルの容姿を伝えた。

身長一九〇センチの長身で痩軀、金髪、鍛えられた筋肉に、らんらんとした眼。本名サムエル・スイード・デュランだが、日本名があるらしい。それはイーガ・コーカ。

村垣は眉を曇らせた。

「イーガ・コーカだって？」

「さて、わたしにはさっぱり。伊賀と甲賀のことでしょうか」

「本名はデュランとな」

村垣はしばし考えた。

「使節団でアメリカへ行ったとき、歓迎委員の中に軍人がいた。デュランという人だったが、ゆうに目方百キロを超える巨体であったぞ。長身痩軀などではない。それに、おお、思い出した」

村垣は言った。

「そのデュラン氏は、南北戦争が終わった年に亡くなったのだ。拙者が知ったのは維新後だったが」

「亡くなっていた？」

「正しい情報のはずだが……しかし、イーガ・コーカとな？」

「はあ、妙な名前で」

「うむ」

村垣は、はたと思い出したのである。

「名がほしいと所望され、その名を贈ったことがある。小栗と計っての」

「やはり、名付け親は村垣殿ですか」

「冗談だよ。イーガ・コーカなど誰が本気にする。それに、そのデュラン氏は亡くなっている」

「しかし」

陸奥はサムエルが軍艦の知識について、日本人とは比べものにならないほど豊富であると伝えた。海軍軍人であったことは間違いないとも言った。そして陸奥はもうひとつ思い出した。

「彼は紀州の梅を大量に持ち帰りました。ニンジャ修行には、茶漬けを食べ続けなければならないと信じていたようです。山中に三年こもったときも湯漬けで通しきったが、これからはこの梅で茶漬けが食える、と喜んでいました。いったい、何を言っているのか、わたしにはさっぱりでした。まあ、お互い言葉がカタコトなので、通じきれないと思いますが」

「通じきらないからこそ仲良くなれるのではないか。全部わかったら、友人になどなれん。それが外交だ」

と村垣は言いながら、そのとき、記憶が鮮やかに復活したのである。

「そうか、餉（かれいい）に梅干しか！」

突然の大声だった。

「村垣殿、いったい、何事でござる？」

村垣の笑顔がはじけた。

「彼はまさしく、アメリカ海軍大佐のサムエル・スイード・デュラン氏だ。わたしや小栗、新見殿含め七十七名の使節団と、刎頸（ふんけい）の交わりをした御仁じゃ」

「しかし、デュラン氏は亡くなったのでしょう。わたしが紀州で会うたのは、もののけでござるのか？」

「ふふふ」

村垣はさも、満足げな目になった。

村垣は言った。

「自明のことわりであろう。それこそ忍法ではないか」

太秦の次郎吉

「京都ってのは、どろぼうにとっちゃ、まるで仕事がしやすいところさ。どうしてだか、お前さん、わかるかい」

わたしが肩をすくめると、

「最初は進々堂って茶店で耳にはさんだ話なんだがな」

と、どろぼうは切り出した。

「進々堂って百万遍よね。大きなテーブルが有名だわ。黒田辰秋って人間国宝になった木工作が作った」

とわたしが言えば、

「そっちの進々堂じゃねえ。祇園のほうだ。メロンゼリーを『みどり〜の』、イチゴゼリーを『あかい〜の』って呼ぶほうだ」

と、どろぼうは言った。

祇園の進々堂は昭和のころからご商売されている、花街文化の匂う喫茶店だ。

四条通から切り通しを上がったところにある。店内には芸舞妓さんの札がいっぱい貼ってある。

「切り通しのショーケースに甘ぇもんを綺麗に並べてよ、小間物屋みてえな商いをしている。そこの奥まったところが喫茶店なんだがね、そっちの扉にゃ二六時中『準備中』って札を下げてやがる。実際、扉を引いて顔をのぞかせ『あいてるかい？』と訊きゃあ『どうぞ』と招きいれるってえ案配だ。しち面倒臭えが、『茶漬け食べていきねぇ』『いや、ごめんなし』と、そういう気脈が京のつきあいなんだ。違えねえな、お前さん？」

違えねえ、と言われ、何を返せばよいのか迷っていると、どろぼうは、

「あんたは京のひとかい」

と訊ねてきた。

「都の女です」

と答えると、

「京もんは、てえしたもんだ。今でもこっちを都っつうんだな」

どろぼうは、さもあらん、みたいにわたしをチラ見したが、椅子をまわしてカラダ

を半身に直し、左目の端からわたしをのぞき見る姿勢に構えた。

どろぼうは言った。

「手掛かりは客の話なんだがよ、そいつでひらめえたんだ」

「ひらめいたって」

「まあ当ててみねえ。おれはなにをひらめえた」

「なにって……さぁ」

わたしには思いもよらなかったし、テレビのクイズみたいに、少しずつ正解に迫ろうとも思わなかったけれど、楽しい秘密を抱えていて、しゃべりたくて仕方がない。でも訊かれるまで待っている、どろぼうはまるでそれだった。案の定、どろぼうは長い舌を伸ばし、唇をぐるりとなめた。さぁ、ここからがおもしろいぞ、って感じで。

「客に声のいいのがいてよ、進々堂名物の厚切りトーストを食べてたんだが、そうでえ、全員が『みどり〜の』や『あかい〜の』を注文するわけじゃない。常連はトーストなのよ。トーストを注文するのは常連、そいでもって声のいい常連は歌舞伎役者と相場が決まってる。あとで片岡二右衛門（かたおかにえもん）だとわかったんだが、二右衛門はなにせ腹から声が出る。「ここだけの話」とかよ、おやじの耳に口を寄せるんだが、声は往来まで届いちまう。要は後あと語りぐさになるような災難に遭ったてえ話だったんだが、お前さんも聞いたことあるだろう。『舞妓どろぼう』さ」

知っているわ、ニュースも見たし、

と言うと

「役者仲間も財布を抜かれたんだと」

どろぼうはしたり顔で、相づちをうった。

「妙な話もあるもんだ、と聞き流していたが、そこへ芸妓が嚙んできた。仕事前のすっぴんだったが、まゆげなしの和服女、ひと目で芸妓とわかったぜ」

まゆげなし、ってひどい言い方だ。

出勤前ならお姐さんもすっぴんはあたりまえ。

「芸妓は喋りやがったねぇ。贔屓筋の役者も祇園北側の新橋通で掏られたんだと。人気商売の災難だからよ、盗られたなんておおっぴらにはできなかったみてえだが、二右衛門は誰かに聞いてもらいたくて溜めてたんだ。要は、季節もちょうどよい案配となった紅葉の頃、辰巳大明神に黄色い声をあげる舞妓がいっぱいいて、そん中にどろぼうがいたって話だ。黄色い声をあげる舞妓というのは本物じゃねぇ。観光客さ。京都じゃほれ、借りられっだろ。舞妓一日体験コースとか、顔も襟足も白く塗ってもらって、だらりの着物、それで一万円ぽっきりてえやつだ。最近は外国人客も多いらしいがな。まる一日舞妓ちゃんになりきれて、万札一枚は安いぜ。どうだい、ひとつ。お前さん似合うぜ、和顔だしよ。花魁にだってなれるはずだ。花魁はもちっと値が張る記憶がある。町娘の装束ならお安いと、そんな相場だ」

たしかに二年前、祇園でそんな窃盗事件があった。貸衣装屋の着物から札が抜かれた財布が出てきたのだ。

「舞妓どろぼう」と騒がれたが、手がかりはまるで消えていたという。

結局、被害も少額だったので

「だらりの帯がどろぼうかい」

「粋などろぼうに免じてゆるしてやろう」

と、役者も笑って済ませたのだ。

花街でしゃべるネタができて花柳界は元を取った、と話に尾をつける人もいた。

「舞妓たあ、うめえところに目をつけた。それでおれも、そいつを参考に稼がせてもらったわけだ」

「舞妓に変身するなんて、ぜんぜん無理でしょ」

さすがのどろぼうも、これには相好を崩した。

「いくらなんでも若い娘に化けられるわけはあるめぇ。そいつはヒントだ。おれは何をひらめいた？　おまえさん、脳みそを使えってんだ」

「脳みそと言われても」

どろぼうはあごをくいっと後ろに引き、まっすぐ私を見た。

「おれを見ろ」

「は？」

「おれはなにに見えるってんだ」

「なにに見えるって、どろぼうでしょ」

「置きやがれ。脳みそを使えって言ってんだ。どろぼうは仮の姿でぇ。本当のおれはなにに見えるか、って訊ねてんだ。しっかりおれを見ろ」

「おれを見ろって……」

壁の時計が秒を刻み、シンとした接見室の空気を震わせている。わたしはどろぼうの顔を見つめ、言葉を探った。

「うーん、そうねぇ、サラリーマン的な顔やないし、何というか、普通とはちがう人生を進んでいる、でも医者とか弁護士でもないし、政治家でもない」

「そんなんだったら、ちったあ、ましな人生だったろうぜ」

どろぼうは、ななめからの顔も見ろと言わんばかりに、首をクイッとひねった。

ほお骨が電球の光に浮き、こけた頰がよけい窪んで見える。日焼け具合は肉体労働者のようだが、顔はねずみ色で血がめぐっていないように見える。そのくせ首筋には青い血管が浮き上がっている。薄い髪、細くつり上がった目。右の眉毛の真ん中が抜け落ちているが、よく見ると何針か縫ったような痕がある。

ひとつでもほめるとしたら、なんだろう、時代劇の斬られ役とか。

わたしは言った。

「じゃあ、役者かな。時代劇に出てくる悪者。かげのある浪人とか」

「ねえさん」

どろぼうはまたカラダを半身に構え、ガラス越しにぐぐっと顔を寄せ、

「ねえさんが刑事だったら……」

と、目ヂカラを左目の端に込めた。

「のっけから捕まっちまったかもしんねえな。ご明察。大部屋役者だったんだ。松竹でな」

このやりとりは何を意味するのか？　不明なまま、わたしは調書に目を落とした。

自称三十二歳。わたしと同じだ。ほんとうか？　四十七、八歳に見える。自称無職、自称家族なし。身上に関して他はノーコメントとなっている。

次の一文にペン先が止まった。

窃盗回数二百回、窃盗総額一千二百五十万円とある。

「ほんまなん？」

わたしは調書に目を落としたまま訊ねた。

「どのあたりを見てんだい」

「ここよ、ここ」

「だからさ、どこよ」

仕切りガラスの向こうから書類は見えない。わたしは調書のその部分を指で指しながらガラス面にあててやった。

「窃盗回数二百回、窃盗総額一千二百五十万円」

わたしは調書をテーブルに戻し、どろぼうを見すえた。

「大げさに言うてへん？　真実のみを話しますって、聖書に誓える？」

「ねえさん、楽しいことというねえ。聖書なんて西洋映画の見過ぎじゃねえか。誓えってぇなら誓うが、だいたいそんなもんだな。世間さまの休日は確実に稼がせてもらった。そんでもって二年間だろ。土日祝日の数からして、都合二百回くらいじゃねえか？　金額は知らねえな。そっちで数えたら、そうなったらしいが」

「よう、捕まらんかったわね。二年間も」

どろぼうは長い舌で、唇をグルリとなめた。

「そこだ」

「そこって……」

「そいつを聞きてぇか、って訊ねてんだ」

「いちいち面倒くさいし。でも、そうね、話してください。興味津々」

「ま、それはだな」

どろぼうは手品師が決め技を披露するときのように、指をぱちりと鳴らした。

「ふける技術だ。いってみりゃ」

「ふけるって、消えるってこと？　消えるって、何が消えるの？」

「おめえさん、天神さんの縁日、行ったことあるかい？」

「はぁ？」

またまた話の筋が不明となったが、とりあえず行ったことがあると言うと、

「じゃあ、聞きねぇ。月の二十五日、北野天満宮は盛大な縁日だ。御前通てえ参道

には、おもしれえ骨董や時代物の着物がしこたま並ぶ。どろぼうはまず衣装だ。決して目立たねえやつを調達できるかがキモだ。おれは古い京染めの着物に帯、下駄と、くたびれ具合抜群のを選ぶ。それに縁日はどこも青空露店がぎっしり並ぶからよ、さっと買えば店の連中も誰が買ったかなんぞ覚えちゃいねぇ。そいつも『ふける』の一部だ」

どろぼうは「ふむ」と自分で言って自分で納得し、唇をまたなめて続けた。

「そんでもって時代劇さ。撮影におじゃま虫、てな。着流しをビシッと着てよ、いやビシッじゃねえな、だらりだ。悪人顔にくたびれた着物、カツラをのせりゃ、ちちんぷいぷい、映画村のなかじゃ存在が消えちまうって寸法だ。誰も『お前は誰だ?』と訊きゃしねぇ。江戸の町に江戸の浪人がいて何がおかしい。闇夜にカラス、外国人を隠すなら外国人の中ってな」

右京警察署の接見室。刑務官が時計を見て大きなあくびをたれた。そんなご託はさっさと引っ込めてくれよ、みたいな感じで。職業柄、いつもこんなやりとりを聞いているのだろう。交代の時間なのかもしれない。

担当弁護士の接見に制限時間はないが、すでに夜も更けている。

国選弁護人として割り振られる提訴にはさまざまな人生模様が見える。

いつもながらこの職業の不思議さを思うわけだが、さて、弁護方針を決めないといけない。

落としどころをどこにするか。

わたしは手帳の新しいページを開き、ペンを持ち、えへん、と咳払い（せきばらい）をして背筋を伸ばした。

「では、お訊ねします。あなたは、罪を認めますか」

「じたばたしているように、見えるか」

「認めますかとお訊ねしています」

どろぼうの細い目がゆっくり閉じられ、そして開いた。

上下二ミリ程度の目なのに、じつにうまく表情を作る。

「金輪際やらねぇよ。あんな捕まり方をしたんだ。ヘマをしたとは思っちゃいないが、微妙に存在を消すとか、そんなのを超えちまったからよ」

「あんな捕まり方って」

わたしは調書をめくったが、現行犯逮捕とあるだけで、捕まり方なんて書いていない。

「窃盗の現行犯って、ありふれていると思うけど」

「そうじゃねぇ」

どろぼうは伏目がちに首を振った。

「映画村に仮面ライダーがいたんだ」

またわけのわからない話、と思ったが、太秦に仮面ライダーって。

ハタと手を打った。

「マツケンが出た映画のこと？」

と言うと、

「さすが弁護士さんだ。なんでも知っていなさる」

どろぼうは座り直した。そして人差し指と中指二本で、ととん、とテーブルを叩き、弁士がごとく話し出した。

「さあさあ、寄ってらっしゃい見てらっしゃい。江戸の町に現れた、未来の極悪人ヤミーとナイト兵。仮面ライダーオーズも時を超えてやって来た。そんなところへ現れたのは徳川八代将軍、吉宗ぇぇ」

「何なの、それ？」

「東映の宣伝文句でえ。東映も子供ファンが欲しいんだろうよ。爺ちゃん婆ちゃんが

『水戸黄門』観るだけじゃ先はねえからな。ま、どろぼうにとっちゃマツケンクラスの大物はおいしい客だ。取り巻きも多いし、財布には普通以上の札束が納まるって相場だ。しかもこいつは新企画なもんで、芸能事務所の社長やらテレビ局、東映の偉いさんまで撮影を見にきていた。財布に三十枚の万札が詰まってたのは京都市の環境局長だったんだ。足がついたのは、その財布がおれの袂からぽろりと落ちたんだが……」

「それで捕まったってわけ」

「単純な話じゃねぇ。聞きねぇ。その日いただいた財布は全部で五つだ。袂に放り込むと着物がふくらみ過ぎるが、逃げる前はいつもそんなだ。大丈夫だ。旅籠の軒先に移動すりゃ風景に溶けちまう。この顔に古い着物、映画村に江戸の町がある以上、おれは永遠に稼げる。ところが、完璧すぎた」

「完璧すぎ？」

「おれが旅籠にいるのを、配役だと誰も疑わなかった。だからよ、助監督がカチンコ鳴らしやがって、撮影始まっちまって、暴れん坊将軍の馬がおれに向かって走ってきたんだ。もう、泡くっちまって、すっ転んじまって、ふところから太った財布がこぼれちまった。監督が『カットだ！　財布持ってどうすんだ！　バカもん』ってわめいて、おれは『すいません。戻してきます』って立ちあがったんだが、足がもつれて、またすっ転んじまって、五つの財布が全部こぼれちまったんだ。さすがにみんな気がついたさ。局長なんぞは『あたしの財布だ！』って女みてえな声を出しやがった。おれは財布を放り出して逃げた。大丈夫だ、まだふけられる。ところが、まったく駄目だった。ミュータントみたいな連中がいっぱいいやがったんだ。ふけるどころじゃやねえ、浮きあがっちまった。仕方ねぇ、と、観念して座り込んだ。するとそこへマッケンがやって来たんだ。どうしたと思う？」

「マッケンが？」

「マッケンはおれの鼻先に扇子を突き出した。そんでもってこう言った。『神妙にお縄につけ』」

　私は吹き出した。

「ほんまなん。ほんまにほんま？」

「ああ、マジだったぜ」

「じゃ、あなた、暴れん坊将軍に逮捕されたってこと？」

「そういうこった。おれは地べたに額をこすりつけ『おそれ入りました』と大声をあげちまった」

　どろぼうの顔から犯罪者独特の陰が消え、やさしい光さえ差したように見えた。

不思議な光景。なんだろう、この感じ。

「えーっと、情況はわかりました。で、わたしがなにを訊ねていたかといえば、そう、罪状認否です。あなたは有罪を認めますか」

「だから、それは言ったじゃねぇか、聖書にだって誓うって。金も返す。使ってないんだよ、まるまる残ってるさ」

「まるまるって、一千二百五十万円ってこと？」

「撮影所ってところは飲み食いに不自由しねえんだ。弁当ももらって帰れる。寝てる場所は空き家だし。おれは質素なタイプだからよ、使わねぇんだよ。いただいた金はびた一文減っちゃいねえ。どうぞ、そのまんま、お返しいたします」

証言の裏を取らないといけないが、どろぼうの話しぶりからして嘘じゃないようだ。

「そうですか、そういう情況ってことはですね、ふむふむ」

わたしは警察からもらった、このどろぼうの犯罪歴報告書をテーブルに出した。

前もって読んでいたが、再度確認した。

被害届、三件とある。

二〇〇マイナス三は一九七。

未だに盗られたと気づいていない人が一九七人もいる、ということなのかもしれない。

どろぼうの手口が鮮やかだったのかもしれないが、舞妓どろぼうを笑って済ませた歌舞伎役者のように、数万円程度なら盗られて困らないほど、お金に余裕のある人たちなのかもしれない。

わたしは一千二百五十万円のことを思った。没収されたお金は警察の預かりになるが、最終的には行政の雑収入になる。言ってみれば京都府民全体のために使える資金になるのだ。

金持ちの無駄金を福祉目的で使えたりしたら、それはいいことかもしれない。

「どろぼうの行為は、結果として、社会貢献につながったのではないでしょうか。現代の義賊、鼠小僧次郎吉（ねずみこぞうじろきち）に寛大なご処置を」

裁判所で熱弁をふるうわたし、笑顔でうなずく裁判官。

刑務官が熱いお茶をもってきた。接見室にお茶？　刑務官も楽しそうだ。なんとあたしにウインクしてきたではないか。

さて、このどろぼう。

保釈金がなかったので実刑となったが、ひと月で出た。

そしてその後、なんと、東映の役者になったのである。

マッケンが
「あんな迫真の演技は久しぶりに見た」

と感心し、東映に推薦したのだという。


先日、どろぼうから手紙をもらった。

テレビに出るらしい。

「おれを見ろ」

と太い文字で書いてある。


芸名はなんと、太秦次郎吉！


年末のスペシャルドラマ、勧善懲悪の時代劇。主人公は美形の天才剣士だ。

役どころはもちろん悪者。その他大勢のひとりだ。

半身に構え左目の端からにらむポーズも、目に星がある美貌（びぼう）の剣士にはかなわない。

悪代官が追い詰められ、さんぴん達は後ろ手にねじり上げられる。

太秦次郎吉もやけくそ勝負で剣士に挑んだが、地面に押し倒された。

そして、渾身(こんしん)の声。

「おそれ入りました」

私はテレビの前で大笑いした。

鈴蘭台のミモザ館

登場人物

渋野梓（しぶのあずさ）　二十二歳
女子大生。さいたま市出身。京都に憧れ、京都の大学へ通ったが、神戸の企業に就職が決まった。

山岡さくら（やまおかさくら）　二十二歳
梓の同級生。鈴蘭台（すずらんだい）在住。京都へ通学。梓と音楽ユニットを組んでいる。梓に鈴蘭台に住めと勧める。

山岡祐介（ゆうすけ）　二十八歳
不動産会社勤務。さくらのいとこ。

大谷啓子（おおたにけいこ）　八十歳
元鈴蘭台小学校の校長先生。鈴蘭台在住。息子夫婦を交通事故で亡くしている。孫と同居。認知症の症状が出はじめている。

大谷龍一（りゅういち）　三十八歳
啓子の孫。神戸大学の准教授、附属病院精神科の医師。離婚したばかり。

白藤多津子（しらふじたづこ）　八十歳
ミモザ館の住人。カリスマ・ファッションデザイナー。啓子と小中学校の同級生　パリで活躍したが故郷に戻る。

橋本信也（はしもとしんや）　二十五歳
宅配便の青年。

一

平清盛（たいらのきよもり）が開いた兵庫港の背後、切り立つ山の向こう、源義経（みなもとのよしつね）が逆落としをした（という伝説の）《鵯越（ひよどりごえ）》を越えたところにあるのが、鈴蘭台という町だ。

急峻（きゅうしゅん）な山に挟まれた隠れ里のような場所。

昭和の初期まで平らな土地がほとんどなく、小部（おぶ）村と呼ばれた集落には三十軒ばかりの農家と、谷底や斜面に苦労してひらいた、いくばくかの田圃（たんぼ）があった。

昭和のなかば以降、神戸市近郊の宅地として開発が進み、住民も増えた。しかしこの町はいまだに、ひっそりとした雰囲気をもっている、らしい。

「ね、いい町でしょ」

さくらは笑顔で言ったが、梓は、どこが？　と思った。

山の空気っておいしいわよねえ～　とでも付け足すように、さくらは両の腕を元気に空へ突き上げた。

そうかなあ、

梓は、空気がどう、とかも、あんまり思わなかった。

梓とさくらは京都の女子大で同級生だった。バンドユニットを組んでいて、YouTube動画と、高瀬川沿いの路上ライブを発表の場にしていた。梓はキーボード、さくらはギター。バンド名は「ファンク・ガールズ」。ロックにジャズを混ぜたサウンド。SNSフォロワー三千人と、そこそこファンもいる。年に数度はライブハウスで演奏する。そのときはドラマーとベーシストを借りてサウンドを厚くし、観客を沸かせる。

しかしプロを目指すことはなかった。厳しい世界で生きていけるはずはない。たっぷり楽しめばいい。YouTubeは続けていけばいいんだし。

ふたりは授業で練習で、毎日のように一緒にいた。ほんとうに仲がよかった。ただ、就活を示し合わせることはなかった。ところが、決まってみればふたりとも、ともに神戸に本社のある企業で働くことになった。

　さくらは神戸っ子で、就職も神戸の企業に絞っていた。逆に梓は、採用された会社が神戸だったということである。梓にとって、神戸は未知の町であったが、それを知ったさくらは、喜びを肉体で表現した。抱きついてきて、キスまでした。就活をはじめたころは、

「私たち、どこへ行こうとも、ずっと友だちやからね」

　そんなセリフをしっとり吐いたりしたが、梓が神戸で働くとわかって喜びが爆発したのだった。

　梓は、高校卒業までさいたま市内で育った。古都京都での学生生活にあこがれ、ねじりはちまきで入試を突破し、京都暮らしをじゅうぶん楽しんだ。そして最終学年となった。

　仕事するなら東京方面へ戻るかなあ、あるいはそのまま京都か、と考えながら会社を訪ねたところ（ご時世柄、ほとんどオンライン面接だったが）、外資系日用品製造大手J&Cの面接に出てきた、アメリカ人の若手社員とどっぷり意気投合し、がっつり気に入られてしまった。するとすぐ、人事部との面接がセットされ、あれよというまに内定をもらったのである。

J&Cの日本支社本部は神戸の三宮(さんのみや)にある。

神戸か、神戸に住むのか。ふうん。

これは、新しい人生かも。

梓は未知の未来に広がる感傷に浸ったが、さくらは勢い込んだ。

「鈴蘭台に住んだら？　めちゃ、ええところやから」

で梓は、この町に来てみたのである。

新築なった駅ビル。モダンで清潔感がある。駅の車寄せロータリーも、植え込みを涙形にくくり、バスやタクシーが回り込むようにデザインされていたりする。

「わりと、都会風になったと思う。でもやっぱり山の町。空気が違う。そこがええところね」

駅前は国道で十字路になっている。そして東西南北どこを向いても上り坂になっている。駅のある場所はこのあたりでいちばん低いという。東西を走るバス道はかつて川で、垂直に切り立つ山の端境を流れていた。

「川は地中を流れてるんよ。鵯越まで下ったらまた地上に出てくる。神鉄の鵯越のあたりで流れが見えたでしょ」

たしかに車窓から見えた。それは山中の渓流だった。野趣あふれる景観に驚いた。

「神戸電鉄って、秘境感あるよね。びっくりしたわ」

梓は京都から神戸までＪＲに乗り、神戸駅で私鉄に乗り換えた。そこから鈴蘭台までたった六駅なのだが、そのたった六駅の間に「密林」があり「渓流」があり「ダム」まである。

京都の大学には、さくらのほかにも神戸市内から通う同級生、先生もいた。彼女たちは梓に神戸を語った。

「住む町としては最高よ。光も風も穏やかだからね。六甲（ろっこう）の山裾に住めば、景色が海まで抜ける。須磨（すま）海岸なら歩いて砂浜。山辺も海辺も選べるのよ。異人館通りはどう？　舶来の街に来た感じになる。中心部もいいよ。こぎれいな単身用マンションが増えてるし」

と、そういう感じである。

光も風も穏やかな町か。盆地の京都とは違う。さいたまとは全然違うだろう。

なかなか、そそる。

住宅情報を調べてみると、阪神間には、女子の新生活にバッチリあてはまるような町がいくつもあった。灘（なだ）、東灘、芦屋（あしや）や西宮（にしのみや）、関西住みたい町上位ランクの町だ。

さくらだけ、鈴蘭台がだんぜんいい、と主張した。

「鈴蘭台ってどうよ」

神戸市内から通学している同級生でさえ、そういう反応だった。

ディスる友人もいた。

「神鉄沿線？　過疎地やんか」

たしかに、駅前に立ってみればそんな風情ではあった。駅舎だけが新しくなった田舎(いなか)町に見える。


さくらに背を押され、梓は駅近くの不動産屋に入った。

「ばっちりの部屋を用意してもらってるから」

住宅情報サイトでも、鈴蘭台情報はそそられなかった。

不動産屋に行ってもなあ。どんな、ばっちりがあるのかいな。

目の前に、若い男性が現れた。

白シャツに紫色のネクタイ、髪の毛を立てている（きっと元ヤン、と梓は思った）。

「さくら、戻って来るんやてな。ウェルカム・バック、鈴蘭台」

仲良し？

男性は梓に向き直った。

「神鉄不動産の山岡と申します」

背が高い。一八五センチはあるかも。深く腰を曲げ、目線を梓に近づけながら名刺を差し出した。

「鈴蘭台をご希望だそうですね。絶好のお部屋をご紹介させていただきますよ」

「はあ、ご希望ですかね」

希望していないけれど。

梓は名刺を見ながら訊ねた。

「山岡さん、ですか？」

さくらと同じ名字だ。

山岡祐介。

「よくお気づきで」

「はあ」

祐介は言った。

「こいつとはいとこ同士なんですよ。僕の母親がこいつのカアちゃんの姉さんでして」

「こいつとか、言わんといて。カアちゃん言うのもやめて。品が疑われるでしょ」

さくらは唇をとがらせたが、祐介は、

「五歳年上なんですよ」

「そうなんですね。じゃあ、二十七歳」

どうでもいい話だが、あわせてみると、祐介は、

「いえいえ、カアちゃんが五歳離れてんですよ。うちのほうが姉で五歳年上というわけです」

まったくどうでもいい話だった。梓は暗い笑みを浮かべたが、さくらのいとこの、背が高い上に髪の毛を立てた不動産屋は、ワハハと笑った。


とにかくご案内します、と、出かけた。

祐介が先頭に立った。

梓は後ろに続きながら、さくらの袖を引いた。

「歩いて回るの？」

こそっと訊ねたつもりだったが、祐介が返答した。

「駅チカ物件からご案内しますが、良い物件は、どこも、家の前に車が無理なんです

よ」

「ん？　車が無理？」

なんだろうか。

「ではまず、この上から参りましょうか」

見上げるような階段があった。祐介は来た道を振り返りながら説明した。駅前へと下り坂になっている

「駅のあるところが、鈴蘭台の土地でいちばん底にあたります。川筋なのですね。いま川は地下を流れていますけれど。住宅の多くは川を挟み込む尾根や、そこへ至る途中の斜面に建てたわけです。どの家にも、玄関前に階段があります。そんなことで、ここの住宅はどこも個性的なしつらえなんです」

「はあ、そんなことなんですか」

祐介が階段の上の方向へ腕を伸ばした。

「さあ、上がってみましょう」

階段は急だ。何段あるのか。終点が見えない。

さくらは言った。

「坂のてっぺんにある家から案内しようって、相談しといたのよ。さいたまには坂が

ないとか、梓言うてたでしょ」

わたし、そんなこと言ったかな。

登りはじめた。

人がすれ違える程度の細い階段。それをひと上りした。しかしそこからつながるのも坂道だった。これまた急勾配。くねくね回った。するとまた階段だった。そこも登る。細道の両脇に並ぶ家は、たしかに、どの家も斜面に建っていて、玄関まで十段ほど階段をつけている。

「ね、車無理でしょう」

なにやら自慢気でさえあるさくら。いとこの不動産屋も言った。

「そうなんです。車は入ってこられないんです。さあ、最初にご紹介するのはここです」

平屋の民家だった。古い。

「これですか?」

「梓、古民家好きやんか」

「古い家を案内してくれるわけ?」

古民家カフェにはよく行った。京都は花街の祇園にも、吉田山の山中にも、魅力あふれるお店がある。

でも、古民家に住む？

小ぶりな雨よけ屋根がある玄関。扉は縦ストライプの木枠。すりガラスがはまっている。昭和な感じというか。玄関を入った。

「庭付き一戸建てですよ。二部屋とキッチン、小さいですが裏庭もあります。トイレとお風呂は改装済みで清潔です」

庭付き一戸建てって、そんな暮らしができるのか。入社一年目で？

部屋に上がる。板敷きキッチン（というか台所）と次の間の壁が取り払われＬＤＫになっている。その奥には八畳の畳敷き和室。和室には障子。障子を引くと、狭いけれど縁側。そして庭。

「以前は画家さんが住んでいました。彼が部屋とキッチンをつないで広い空間にしたんです。賃貸ですが改装オッケーで、商売されてもいいんですよ。渋野さんは古民家好きとか？　カフェなんかいかがですか。庭にもひと席、作れるかな」

この人、何を言っている。商売の物件を探しているわけじゃないでしょうが。

個性的な物件であることは確かだけど。

庭の向こうに目をやった。空が広い。しかし神戸なら見えると期待していた海がない。庭に出た。塀から首を伸ばすと、見えるのは長い坂、急な坂、斜めの家。狭苦しい住宅街。

腰を曲げたおばあさんが、曲がりくねった細道を歩いていた。毎日、こんな坂を上ったり下りたりしているのだろうか。

部屋に戻った。畳、漆喰の壁、板張りの天井。水回りは改装済みらしいが、全体的に、においが、なにやら農家くさい。ここには住めない、と感じたが、いちおう訊ねてみた。

「お家賃は？」

「共益費なしで、八万円となっております」

「共益費なし？」

「はい、平屋ですから」

平屋だと共益費がないのか。

「でも、八万は高いです。新入社員にはきびしいです」

「では、六万円ではどうですか」

「え」

その場で値引き？

「空き家よりましと、大家さんから依頼されております」

なに？　最初はふっかけたということなのか。

さくらを見れば、庭に咲く小さな花を愛でたりしている。

「すぐにお決めいただかなくてよろしいですよ」

ふつう、不動産屋はこう言わない。四年前、京都でワンルームを探すときだって、

「人気物件は、決めないとすぐに埋まります」

常套句だろう。

納得できない顔をしていると、

「では二軒目にご案内します」

梓は訊ねた。

「次もこういう、あの、古民家ですか」

「一戸建てもありますし、新築マンションもあります。ご安心ください」

安心ですか。

玄関を出ると、さっき見えたおばあさんがそこにいた。一歩ずつ、一歩ずつ、階段を上ってきたらしい。おばあさんは背をそらし、腰のところを叩いていた。

祐介が話しかけた。

「おはようございます。今日もいいお天気ですね」

さくらも会釈をした。おばあさんは言った。

「ここ、絵描きが借りとったな。いつのまにかおらんようになったが」

「東京に仕事場を移されたんです。引っ越し前には、ご挨拶にまわられていましたよ。ていねいな方でした。啓子先生にはお世話になったって。おっしゃっていました」

「そうやったかいな。覚えてないわ。で、なんやい、空き部屋の案内か」

「こちらの若いお嬢さんにどうかと」

啓子はさくらをじっと見てから、ぽんと手を打った。

「あんた、さくらちゃんかいな？　見んうちに、おおきなったねえ。お年ごろや」

「ごぶさたしております。啓子先生」

「そうか。さくらちゃんが住むんか」

「わたしは借りませんよ。家ありますから」

「そら、そうやな」

「はい」

みんな、知り合いか。啓子先生って？　梓が思ったところ、さくらが紹介した。

「こちらが同級生の渋野梓さんです。四月から三宮で働くことになったんです」

「へえ、そうかい」

梓ははじめまして、とおじぎをした。そしてこのさい、と訊ねてみた。

「ここに住むとなったら、毎日、この階段上るんですよね」

「しゃあないやろ。これしかないんやし」

「健脚になりますね」

「何が健脚や。足痛いばっかり。やめとき、こんな家、もの好きしか借りよらん。絵描きとかな」

毎日百八段やで、とっとと出て行きたいわ、と啓子は、ひとりごちながら歩き出した。

彼女の家は三軒となりだった。

「ご近所さん？」

さくらが答えた。

「大谷啓子さん。小学校の校長先生やったんよ。事故で息子夫婦亡くしてひとりぼっちになったんやけど、お医者さんの孫息子が帰ってきて、いまいっしょに住んでる」

啓子は歳（とし）とともに、口ぶりがぞんざいになったが、それはざっくばらんな性格のたまもの、若い時も、学校長になったときも、児童に好かれる先生だった。叱るときは叱り、褒めるときは褒める。ひっぱたいたり、バケツを持って廊下に立たせたり、いまではあり得ないこともしたが、それは児童を愛してやまないからであった。悩みには素早く寄り添う。親とも話し合う。ことばづかいが「ざっくばらんすぎて」勘違いされ、教育委員会から指導されたこともある。しかし当時を偲ぶかつての児童は、そんな啓子先生の思い出を抱えて同窓会にやってくる。

大谷家も傾斜地に建っていた。土を盛り石垣を組み、その上に和洋折衷ふうの家。

啓子は玄関に続く階段を上りはじめた。

「いちいち階段や。苦行や。毎日や。しょうみのところ」

歳を重ね、ますます口は悪い。

ひとりごとだったかもしれないが、その声は、梓にもはっきり聞こえた。

二

啓子が玄関を開けると、孫息子の龍一が靴を履いているところだった。

龍一は神戸大学大学院医学研究科の准教授で、附属病院の精神科病棟の勤務医でもある。心を病んだ患者のケアをしている。

「なんや、龍一か」

「なんやとはなんや。仕事に行くんやがな」

龍一は顔も上げない。すっきりしない朝が続いているのだ。

昨年の夏、すったもんだで離婚した。結婚生活八年。マンションを妻に残し実家に戻った。

それで、八十歳の老人とのふたり暮らしになった。

祖母に認知症の気配が出はじめたこともある。専門医のじぶんが気にしないわけにはいかない。

自分こそ、心のケアが必要なんだが。

龍一のジレンマであったが、祖母を身近に観察する日々がはじまったのであった。

認知症の疑いは濃い。とはいえ病院で診察を受けさせるかどうかは微妙、とも感じていた。CT検査でびっくりしてしまい、自信をなくし、症状を進行させてしまうこともある。

ひとの精神はデリケートで、謎が多い。

謎だが、謎はことごとく面倒くさい。

祖母はこの日も質問を投げた。認知症がはじまったと疑う会話である。

「龍一、下の道から階段、何段あるか知っとるか」

龍一は何気ないそぶりで答える。

「百二段」

「百八段よ。煩悩と一緒や」

バス道から家の前まで八十八段。そこから玄関まで十四段。合計百二段。正確な数である。

もう一度、答えてみる。

「百二段や」

「百八あるやろ。あほかいな」

祖母は、あほかいな、と返すこともあれば、近頃の若いもんは、とか、算数もできんのか、国立大学出のくせに、とか、そんなんやからヨメはんに逃げられる、情けない、と言い放つこともある。元妻のことなど放っといてほしいが、皮肉は逆に安心する。頭脳が正常に働いている証拠かもしれないからだ。

百八段、とひたすら繰り返すときもある。思考に固定水路ができるのは進行している兆候だろう。龍一は同僚の医師にも所見を仰いだ。

「認知症だろうね。でも薬は朦朧とするし、気力も減退する。はじめないほうがいいだろうね。診断を受けさせるのも様子見だな。病院に連れてこられたとたん、落ち込む人多いからね」

君もわかってる話だよ。でも、身内の診断は、むずかしいね。

それで病院へは連れていかず、慎重に観察をしていく、というスタンスで、同じ問答に付き合うのである。

しかし、顔を合わすたびのルーティン。面倒くさい。

「階段は百八段や。煩悩と一緒や」

「そうやな、百八段やな」

祖母の話に合わせてみもする。

啓子は質問したことを忘れていることも多い。この日もふりだしへ戻った。

「おい、龍一、下の道から階段、何段あるか知っとるか」

無視して出かけるしかない。

靴を履いて立ち上がり玄関扉を開けた。外へ出る。背中の、ちょっと向こうに、祖母の気配を感じる。

「行ってくるわ」

まだ大丈夫だろう。とにかく一日、無事でおってよ。そう思うしかない。

龍一はこの家で育った。階段と坂道が好きな元気な男の子は、迷路のように入り組んだ町を走り回った。小学生のとき、鈴蘭台坂道脱出ゲームというのを考えて実行し、町を盛り上げたこともある。

祖母は鈴蘭台小学校の教員だった。町内の子ども会の世話もしていた。自宅には小さな子たちが入りびたった。祖母は子どもが好きで、町の人が好きで、生まれ育ったこの町が好きだったのだ。


龍一はそんな祖母を幼い頃から見てきた。だからいま、八十歳を越えた祖母との、とげのあるような会話でさえ、奥底には優しい心が横たわっていると知っている。とはいえ、三十八歳の男、離婚を経験し、大学病院という職場で、心を病んだ人たちと毎日向き合っている。夜勤明け、家にたどり着く。そんなときにも、祖母は問いかけてくる。

ある日、祖母が問答を繰り返した。そして離婚を責めた。

「ええかげんにしてくれ！」

叫んだ、つもりだった。しかし、声は出ていなかった。

過呼吸と激しい動悸（どうき）にみまわれ、声帯が押しつぶされたのである。

筋肉から酸素が抜けていた。膝が砕けた。めまいがした。霧のようなイメージが、ぐるぐる回る。龍一は、パニック障害に襲われることがあるのである。

最初は離婚届に署名し印鑑をついたときだった。突然の息苦しさに、ブラックアウトしそうになったのだ。以来、何かのきっかけで症状が出る。

社会的な死だ。どこぞに、心の病んだ医師に、心の悩みを打ち明ける患者がいるだろう。龍一はまさにこのパニック障害も診察しているのだ。患者から日常を聞き取り、改善へ向けての日常の再設計を手伝う。それを仕事としてやっているのである。

「心配事をひとつでも減らしていきましょう。さあ、どこからはじめましょうか？」

患者に話していることではないか。

「龍一、ゆっくりでええぞ」

祖母の声が耳もとにあった。

「息をゆっくり吐きなさい。苦しゅうても、息を大きく吸い込まないで。吐くほうに集中しなさい。さあ十秒間、息を吐く。いきますよ。いち、に、さん、し」

胸の苦しさのなか、龍一は思った。まさに過呼吸発作の正しい対応だ。

祖母は学校の先生だった。昔は、こんなふうに子どもを励ましたりしていたのだ。

いまも、かけられる声は毅然としている。

「もういっかい息を吐きますよ。いち、に、さん、し」

数分間、ゆっくりとしたペースで呼吸法を試し、動悸は収まった。

龍一はようやくのことでからだを動かし、あぐらをかいた。

「ほれ、水」

祖母の手にコップがあった。龍一は受け取り一気に飲んだ。

「助かった」

祖母の行動は理路整然としている。ついさっきまでの無理な問答はどこへいったのか。

認知症は謎だ。これも一例だろう。差し迫った情況になったりしたとき、脳は尋常な判断力を取り戻し、からだを論理的に動かすことが知られている。

祖母はからになったコップを取り上げた。

「もういっぱい、飲むか」

「いや、もういい」

祖母は言った。

「医者の不養生、気いつけなさい」

「ほんまやな」

龍一は苦く笑った。

とつぜん、校長先生だった頃のようなふるまいを見せたとはいえ、認知症は見え隠れする。八十歳を越えて症状が改善することはない。脳をスキャンすれば、不可逆的に変化してしまった部位も見つかるのだろう。

突然の意識混濁も想定しておかなくてはならない。自分がどこにいるか、わからなくなる危険だ。階段の上り下りで我を忘れ、大けがにつながることも考えられる。車椅子、寝たきりになれば心も弱る。多数の事例を見てきた。心の健康のためにはまず、からだの健康、安心安全な日常生活が肝心だ。

リスクを減らしていこう。階段の上り下りを減らしてもらおう。買い物に出かける回数を減らしてもらおう。日用品や食品など通販を増やせばいい。

患者への問いかけは自分ごとでもあると、ふたたび恥じるばかりだったが、祖母に問いかけた。すると、

「そりゃ、そうしてくれ。配達は助かる。階段は難儀や」

それで、宅配便が日に一度、やってくるようになったのである。

この町の配達はたいへんだ。多くの家が階段に面している。トラックが入れるのは坂の下まで。

配達のにいちゃんは、荷物を背負って家ごとに百段以上登ったりする。しかし、大谷家周辺を回る若いにいちゃんは階段など気にしなかった。運動大好きスポーツマン、額（ひたい）の汗さえ似合うナイスガイだった。

筋肉質の長身に日焼けの肌、白い歯、会話が爽やかで親しみやすい。たまにしか会わない龍一でさえ、名前で呼びかけるようになった。

ところが、こんなナイスガイであったからこそ問題が持ち上がった。

祖母は仲良くなりすぎたのか、

「階段、何段あるか知っとるか」

問答をはじめてしまったのである。

ある日、龍一が帰宅したとき、まさにそんな現場だった。

家族以外の人を巻き込むわけにはいかない。これはやばい。

「迷惑かけたらあかんて」

祖母の腕を引きながら言った。

「ごめんな、信也くん」

祖母は、なんでお前が出てくるのか、と腕を引っぱる。

「もう、あかんて」

龍一は腕を放さなかったが、信也は、大丈夫ですから、と龍一を押しとどめた。そして啓子に向き直り、ゆっくり言った。

「おばあちゃん。階段の数はね、僕、数えたんですよ。そしたら百段ちょうどでした。間違いないですよ。僕ぜったい、自信あります」

するど啓子は、

「ちゃっ」

と妙な声を出し、口を開いたまま信也を見つめたが、ふわりと、笑顔に変わって言った。

「その僕の自信とやらは、どこから来てるんかいな。間違うとるわい。階段は百二段やがな」

「ほんまですか。しっかり数えたんですけどねえ」

信也は頭をかく。啓子はしてやったりという顔。

祖母が落ち着いたので龍一は腕を放した。祖母は笑顔。信也は爽やか。龍一は唇を結んだままだった。百二段。正解ではないか。自分との問答では一度も正解を言った事がない。

　啓子は言った。

「信也くん、お茶飲んでいきいな。紅茶か、コーヒーか、どっちがええ?」

「まだ配達あるんで遠慮しときますわ。また今度」

　信也はペコと頭を下げた。

　信也は龍一にも一礼し、毎度ありいい、と出ていった。

　龍一は閉まった玄関扉を見つめたが、すぐに扉を開いた。

「信也くん!」

　階段を追い、家の前の小径(こみち)に下りたところで捕まえた。

「信也くん。いや、ほんとに、あんな面倒に付き合わせてすまないが」

　龍一は訊ねた。

「いまのあれ、だいぶ前からなのか?」

「いまのあれとは?」

「階段が何段あるとかいうやつよ。無理問答」

「へえ、無理問答って言うんですか。面白いネーミングですね」

「ネーミングじゃないよ」

信也は答えた。

「無理でもないですけど、でも、そうですね、かれこれ半年くらいやってますかね」

「半年も迷惑かけてたんか」

龍一はため息をついた。

「もう、相手してくれんでええから」

信也は言ったのである。

「わかるんです、僕」

「わかるって、何が」

「啓子さんがほしい答かな。答というか、相手にどう反応してもらいたいか、かな。会話して、いい気分になりたい、そんな人間関係をつくりたい、と思います」

「人間関係？　無理問答で？」

「僕にはぜんぜん無理じゃないです。真剣な顔をして、間違った数字を答えるだけです。それだけのことですけど、啓子さんの心が広がるんだと思います。僕は医者でも何でもないから、詳しいことはわかりませんけれど、そういう感じっていうんですか。でも、だいたいはうまくいきませんよ。簡単なことじゃないんでしょうね」

「そうだったのか」

「人生と同じかもしれないです。うまくいかないことだらけですから」

まだ二十代前半の青年。その青年が人生を語っている。

「いや、専門家の先生に向かって、こんなこと、すみません、えらそうに」

「いえいえ、しかし、まいったね」

心を病む人との対話はむずかしい。訓練を積んだカウンセラーでも、心の奥底にひそむ悩みを解きほぐせない。治療に薬を使うことも一般的だが対症療法でしかない。治療薬など世の中に存在しない。だいたい、認知症の発生のメカニズムは、二十一世紀になった今でもわかっていないのだから、薬を開発できるはずがない。ところが、ちょっとした気づきや、何気ない日常に解決があり、沈み込んだ精神が解放へ向かうことがある。人間は謎である。

「ひとつ言えるとしたら、また偉そうだったらすみませんけど」

「ぜんぜん、何でも聞きたいよ」

「そうですか。では」

信也は言った。

「対話しているとき、こちらにわずかでもマイナスの感情があると、確実にうまくいきません。笑顔で答えてもわかってしまうみたいです。いつも勝とうとしないこと、かもしれません。五勝五敗でじゅうぶん、というような自然体で向かえば、六四、七三の成績がついてくる。剣道でも、そんなふうに教えられたなあって、思い出しました」

「そうなのか。君は剣士だったのか」

「いえいえ、道場に通っていただけです」

剣の心か。なるほど。

「でも先生は身内だから、むずかしいんですよ。自然体になれない。仲間を斬れといわれて斬れないですから。でも、やるべきときはやる。やりきって結果を受け入れる。その結果なら後悔しない」

人生とは、困難や面倒を乗り越えていくものだ。いつも勝てるわけではない。勝って負けて、勝って負けての、五勝五敗でいい。そう思うところに心の解放がある。

谷間の町には雲ひとつない。風がゆらゆら舞っている。

真っ青な空の下、気負いのない若者が輝いて見える。

では、仕事します、と信也は行こうとした。

するとこんどは、コツコツ、という足音が近づいてきた。まるで違う景色がそこにやって来た。

三

大谷家の裏側から続く、これまた百段ある階段から、妙齢の女性たちが上がって来たのである。艶(つや)やかな装いが三人。艶やかながら、うしろのふたりは背を丸め息を切らせている。

先頭に立つ女性は疲れもなさそうだった。姿勢も正しい。龍一にあいさつしてきた。

「龍一先生、お元気でいらっしゃいますか？　あら、信也ちゃんも。あなたはお仕事中ね」

「白藤先生、これからそちらへ配達に伺いますけど」

「わたくしも、これから戻りますわ」

白藤多津子。カリスマ・ファッションデザイナーである。御年八十歳ながら現役で、弟子入り志願者が全国から、海外から、教えを乞いに、あるいは人生の指南を求めてやってくる。疲れ気味のふたりの女性もつい先ほど、東京と仙台から到着したばかりだ。

多津子は一九八〇年代、神戸がファッション都市としてクリエイション盛んなころ、世界へ進出したデザイナーだった。パリに拠点を移してからも新作の発表を続けた。ファン層は堅く、ファストファッションが根付いた時代になお、彼女の信奉者は絶えない。ところが、じっさいのところ、多津子は世界と戦うことをやめていた。東京へさえ行かない。クリエイションとは何か、見つめ続けた末に、曇りない一点を見つけたのである。彼女はファッションとは縁遠い、谷の街に拠点を移した。

なにが白藤多津子をそうさせたのか、見つけた一点とはなにか、彼女は具体的に説明したりしないが、一世を風靡(ふうび)した華やかさは様変わりし、作る洋服は素材とシルエットだけを追求するようになった。土に還るタンパク質素材の活用にも関わり、創作が哲学的になった、と評されるようになったが、多津子によれば「心のまま適当に」日々をやり過ごすことにしただけなのである。

しかしそれこそが哲学、白藤多津子の哲学に触れたい、と訪問者が絶えない。最新ファッションに身を包み、いざ鈴蘭台、とやって来る女性たち。坂を歩かされ疲れてしまう。この日のふたりも突然の苦行に四苦八苦した。大谷家の玄関先まで登り着いたところで、そろってふくらはぎを撫(な)でた。多津子は言う。

「運動靴でいらっしゃい、っていつもお伝えするのよ。でもみなさん、お上品でいらっしゃるの。ファッションに一所懸命は付きものだけれど、ルブタンはさすがに悲惨でした。玄関にあったゴム長を『これ、お履きなさい』って出したんだけれど、七いじり用に買って、三百円の値札が付いたままだったのね。ルブタンとは違ったわ。その方、目をまん丸にしちゃってね。フフフ」

鈴蘭台は「関西の軽井沢」とか、雑誌に書かれることがある。ファッション界においては、カリスマ白藤多津子の住む町、聖地巡礼の地である。

この日のふたり組は飛行機でやって来た。大阪空港から阪急電車に乗り継ぎ新開地（しんかいち）へ。そこから神戸電鉄。五十パーミルの傾斜を持つ、箱根鉄道と同じレベルの登山電車だ。

森を抜け、鵯越を越える。未知の聖地に心が膨らむ。

鈴蘭台駅に着く。改札を出る。駅前に立って四方を見渡す。まず思う。軽井沢じゃない。

そして階段苦行に見舞われる。

なんだ、これは。

白藤多津子の住まい兼アトリエは、鈴蘭台駅の北側、有馬（ありま）温泉行きと三木（みき）行きの分岐点から北へ二百メートル、東へ（上へ）階段を百二十段上がった尾根にある。

巨木と花々に囲まれた屋敷は、かつて幕末のころ、三十軒ばかりの農家が集まる小部村に、北風正造（きたかぜしょうぞう）が建てた別荘である。北風正造とは「兵庫の北風か北風の兵庫か」と呼ばれたほど、開港前の兵庫港を仕切った廻船問屋、北風家の当主だ。北風家は兵庫十二浜の大半を手中にしていた。この別荘は玄関の柱が唐（から）の木だったことから「唐御殿」とも呼ばれた奥座敷だったが、山中に位置したこともあり、勤王志士の密会場所に使われたという。

正造は船で財をなしたが、戦争に便乗することはなかった。幕末の動乱では、蔵に蓄えた金銀を「世直しのため」と、一銭も残すことなく拠出したという。鳥羽（とば）・伏見（ふしみ）の戦いでは、東征大総督として征途に就かれた有栖川宮（ありすがわのみや）に、駿馬（しゅんめ）と三千両を献上した。兵庫開港後は兵庫県鎮台御用達を命じられ、裁判所御用掛や商法判事を歴任し、河川の開発事業にかかわり、米商会所、第七十三国立銀行の頭取と、実業界にも貢献した。渋沢栄一（しぶさわえいいち）や五代友厚（ごだいともあつ）らとも交友を結び、神戸製茶改良会社、神戸船橋会社、製紙会社設立の肝煎（きもいり）となった。国が神戸駅を造るときには、私有地の二十四万平方メートルを無償で提供した。しかし正造は古い時代の人間だった。正直すぎる性格だった。革命に融通した金銀は時代の風雪に消え去ったままとなり、北風家は破産したのである。

白藤家はその北風家の本家筋にあたる。白藤家は正造の残した別荘を、明治、大正、昭和、平成、令和と守ってきた。白藤多津子の住まいこそ、かつての唐御殿である。

春も盛りのこの季節、屋敷は咲き誇るミモザに覆われる。唐御殿を知る人はもはやない。いまは、カリスマ・ファッションデザイナー白藤多津子の「ミモザ御殿」である。時代の風雪に洗われたこともあろう、時代ロマンあふれる貫禄がある。

坂上りに「み」をいれた人も、あふれる黄色に包まれる屋敷を見れば、

「さすが白藤先生」

と感心しながら深呼吸し、太ももの筋肉に、酸素を補給するのであった。

大谷家の玄関が開いた。啓子が出てきた。階段を数段下りてきて言った。

「あなたたち、足が痛いんだろう。ちょっと待ってよ、出してあげるから」

啓子はまた階段を上がって、家に引っ込んだ。ドアがバタンと閉まる。

女性のひとりが、多津子に訊ねた。

「出してあげるとは、何でしょう?」

「ざぶとんよ。玄関の石のところに、ほら、腰をおろせる場所があるでしょ。そこに座って足を撫でればいい、ってことなのよ」

女性はその場所を見た。玄関の鉄柵前の、ただの石。タイトなスカートを穿いてきた。しかも気合い一発のニュー・モード。ここに座る？　この一張羅で？

多津子は笑いを飲み込んだ。毎回、同じような光景が繰り返されている。

啓子はざぶとんを持ち出してきた。しかし女性はスカートを両手で下へ引っぱって引き締めた。そして胸を張った。

「大丈夫です、ご心配にはおよびません」

「でも、疲れただろう」

「ご配慮ありがとうございます。しかし、結構でございます」

「そうかい」

信也が間に入った。

「痛いの、おさまったみたいですよ」

「じゃあ、いいか」

啓子はざぶとんを、多津子に向かって振った。

「たづちゃん、あとで邪魔するよ」

「お待ちしてますわ」

ざぶとんを振るなんてはしたない。しかし平和な景色。多津子は、こういう日常こそがいとしいのである。

逆に龍一は、そんな会話に眉をひそめるしかない。

「また行くんかいな」

龍一は多津子先生、多津子に向きなおって言った。

「多津子先生、ほんとに、毎度ご迷惑ばかりで、申しわけありません」

龍一の目は情けなく曇っている。

「仕事の邪魔したらあかん、しょっちゅう行ったらあかん、って諭すんですが、聞かんのです。適当に追い返してください。居座ったり、面倒を起こしたらお知らせください。飛んでいきます」

「何をおっしゃいますか。あなたこそ患者さんがいるじゃない。飛んで来るなんて、とんでもないですよ」

「しかし、迷惑かけるのも、ほどほどにしないと」

祖母はなにかといえば、多津子のアトリエを訪れ、ときには朝から日暮れまで、あることないことを喋(しゃべ)っているのである。

「迷惑なんて、考えたこともありませんわ」

「でも、祖母は、最近」

多津子は唇をちょっと引き締めたが、気負うことなく答えた。

「たしかに、ときどきね。でも、そんなの、歳をとれば誰しも同じですから」

「いえいえ、ぜんぜん違いますよ。多津子先生は現役で仕事をされているし、ゲストも引きを切らない。申し訳なくて」

「あなた、ほんとにいい人ね。そういう人だから、心のお医者さんになったんだわ」

多津子は笑顔で返したが、

「いい人なんて、とんでもないです。うまくないことばっかりですよ」

龍一はつまらなそうな顔である。

「だめですよ、そんなじゃ。先生のところに、悩み多き人が相談にあがるんでしょう?」

多津子は言った。

「あなたなら大丈夫です。自信をお持ちにならなきゃ。心なんてね、単純にこれはこれ、あれはあれって二分できるものじゃないんですよ。人間というものは淋しくて哀しい。苦悩とあがき。割り切れない。でも、医学は西洋の学問だから、論理的に割り切って判断をするのかもしれませんね。龍一さんはそれが職業だから、あたりまえなんだけれど」

多津子はひとしきり話してから、

「西洋ふうも考えものね」

と付け加えた。

啓子がそばへ来ていた。今の話を聞いていたのか、

「たづちゃんこそ、西洋ふうでずっとやってきたやないか。いまさらやで、それ」

「だからいま、ここにいるんじゃないの」

「そうやったかいな」

「そうですよ」

「そうか」

ふたりは古い知り合いだ。禅問答のような会話でも、意思は通じているのかもしれない。しかし龍一は思わずにいられなかった。祖母は会話の意味をいま、どんなふうに理解しているのだろうか。

多津子は言った。

「啓子ちゃんとは、同じような時代を生きてきた、人生を語り合う友なのよ。人は誰しも完璧な存在じゃない。隙間（すきま）だらけ。友人って存在だけが隙間を埋めることができるの」

ゲストの女性たちは、手もちぶさたなのか、急な階段を見下ろしながら話していた。

「これ、上がって来たのよね」

信也はふたりのそばで、この町はかくかくしかじか、とか解説をしている。

多津子は呼びかけた。

「さあ、参りましょう。うちでアイスティーでもいかがかしら」

ふたりの女性は、安心しきった表情になった。

信也が、僕は荷物持って行きますね、と階段を駆け下りていった。下の道に停めたトラックへ戻り、荷物を担いでまた上がってくるのだ。

多津子たちは屋敷へ向かった。

「西洋ふうも考えものね、ときたか。王女さまかい」

啓子はつぶやきながら、家に引っ込んだ。

四

木造の平家、マンションのワンルーム、農家みたいな家（畑が付いていた！）など、とりまぜて十カ所案内してもらったが、梓は気持ちが揺れないでいた。

神戸中心部へは近い。通勤圏でいて急峻な谷の町。面白いかもしれない。脱都会は時代の流れ。気分はわかる。リモートワークも根付き、二拠点生活なんかも取りざたされるが、仕事をはじめてもいない自分に何が言えよう。まずは入社し、頑張るしかない。

部屋などさっさと決めよう、とも思う。

さくらは、どこにする、とせっついてくる。

でも、なあ。

鈴蘭台は昭和初期に駅ができて以来、今また、町づくり活動が盛り上がっているらしい。いとこの不動産屋によれば、さっき行き会ったようなおばあさんの孫世代や、ひ孫世代が戻っているという。おしゃれなカフェやレストランも数軒、開店する。神戸電鉄沿線の秘境感はなかなかの迫力だ。坂と階段も個性的ではある。

「ねえ、どう?」

さくらがせがむ。

「そうねえ。う〜ん」

ここに住みたい、と「感性が叫ば」ない。

いとこの不動産屋が言った。

「では、町の鎮守さまをご案内しましょう。末広稲荷神社といいます。境内からの景色がいいので、ハイキングコースにもなってんですよ」

梓は、神社が好きなのである。京都ではさまざまな神社をまわった。さくらともよく連れだった。梓のインスタに神社の写真は多い。さくらが、それを伝えていたのかもしれない。

でも、もう、ハイキングはいい。暑いし。太ももに「み」が入ってるし。と思ったが、駅に戻る通り道だという。まあ、行ってみようか。

そして案の定また、相当な坂だった。

上って下りて、そしてまた上って、朱い鳥居があった。

手水で手を清めてから、お賽銭、ご本尊に柏手を打った。

文字を刻んだ石碑。なにげなく、声を出して読んでみた。

「昭和の始め、神戸有馬電気鉄道株式会社社員代表が交通安全商売繁盛の守護神として京都伏見稲荷の分神を祭祀し。おいなりさんなんですね」

いとこの不動産屋が覗き込んできた。

「そんなこと、書いてあるんですか、へえ」

知らんのかい、梓は思ったが、続けて読んだ。

石碑の文章は、なにやら真剣だった。

――当時護明稲荷神社と称し参拝者も多くしだいに発興したるも日支事変大東亜戦争と時代の変遷に伴ひ境内も荒れほうだいになり、ついに参拝者も絶える状態になり、其の後恐しい事件が発生し――

「事件？」

さくらも梓のとなりに並んだ。

梓は続けた。

――鵯越駅の電車の脱線事故により死傷者何十名と言う悲惨な事件、又同じく長田附近にて電車の脱線事故による多数の死傷者を出すと言う件、同じく七号トンネル内にて電車の衝突による負傷者の続出、日本国中を騒がせた鈴蘭台地区の赤痢（せきり）の大流行等、次々と大きな事件が起こり、またまた数知れない程の事件が続出、余りの大きな出来事に住民も非常に不安を感じた。その時此（こ）の神様を復興して護（まも）って貰（もら）ってわどうかと言うことになり此処（ここ）に広く地域の方々の浄財をつのり二十七年著名者によって復興する――

「護って貰ってわどうかと言うことになり、って昔ことばそのままや。寄り合いで話したんかな」

　さくらはそこを面白がったが、梓は目を曇らせた。

「神戸電鉄って、あぶない電車なん？　事故ばっかり」

「登山電車なんよ」

「登山電車って」

「山の線路やから、ブレーキが二つあるって聞いたわ」

「要は、止めるのが難しいということなんですね」

　いとこの不動産屋が付け加えた。

「四駆でワインディングロード走るようなものです」

　梓は、それをどう考えたらいいのかわからなかった。

　この神社にはもうひとつ祭神があった。龍である。

　そちらにも石碑があった。龍と知って梓は背筋を寒くしたが、離れず、食いいるように読みはじめた。

　――往昔この附近は低い山つづきで「一ッ鍬山（ひとくわやま）」と云（い）い、北東に一脈のほの暗い谷間があり、ここに大きな蛇（へび）が棲（す）んでいると云う伝説があり、誰云うことなく「蛇ヶ谷」の異名をもって知られた淋しいところでありました――

あ、やっぱり。蛇だ。

「無理、蛇は無理」

「またかいな」

「でも」

自分が母のおなかにいたある日、母が道ばたで蛇を見た。そして「キャッ」と、ひっくり返ったという。蛇がこわいのは、胎児ながらの記憶がすり込まれているからだ。

　さくらはあっけらかんとしている。

「まあ、蛇くらいいるよ。山の町やしね。でも普通の暮らししてたら、そんなに出てこんて。京都でも山いっぱいあったし、同じような感じやんか」

たしかにそうだ。びびってどうする。伝説の話だ。

とはいえはじめての神戸。わざわざ「蛇ヶ谷」と名の付く場所に住むことはない。

と思いながら続きを読んだ。そこにはまた、怪しげなことが書いてあった。

——昭和二十五年頃より、この辺一帯は大規模宅地造成工事が進められ、昔の山容は一瞬にしてその姿を消してしまいました。ところが宅地造成工事の機械の先に、不思議にも五色の蛇の群れがまつわり、あまりの不気味さに恐れをなして工事を一時中止いたしました。折しも末広神社の燭台(しょくだい)の鉄板に、燈明(とうみょう)のあかりによって、白と黒との二体の蛇の絵模様がくっきりと浮かび、続いて燈籠のあかり窓にも蛇の姿があざやかにあらわれては、工事責任者が原因不明の高熱になやまされるなど、心胆を寒からしめる異変が連続発生したのであります――

「呪いだ。やっぱりだめ」

梓は石碑から一歩後ずさった。

「なによもう、あかんたれやね」

さくらが続きを読んだ。

――そこで神仙の司人をして神意を問わしめたところ、今を去る約六百五十年前より永く、この地に住していた蛇の一族が急に安住の地を奪われ、行く先を失った苦しみのあらわれとのお告げをうけ、早速関係者有志の者相集い、この地に生霊安住の御社を建立し、其の名も巖龍大神とたたえて鎮座奉祀することになりました。其の後、この社に詣でて崇敬の誠を捧ぐる者あとをたたず、蛇霊の神徳まことにあらたかにして信奉礼拝する者の諸願をかなえ、家運隆盛商売繁盛無病息災の守護神として永遠に恵みをたれ給うのであります。ここに謹んで由緒を記述します。昭和四十七年十一月吉日――

「ほら、ちゃんと、神さまとして祀ってあるやん」

さくらは石碑に向かって柏手を打った。

「わたしの町を、ずっと護っていただいて、ありがとうございます」

梓は無言で突っ立っていた。

抜けるような青空である。

「空が広いねえ。わたし、この神社好き」

さくらは言った。

「でも、家運隆盛商売繁盛無病息災って欲張りよね。ほんならこのさい、縁結びも入れといてほしいわ」

「ほんと、そやねえ」

いとこの不動産屋も、さくらにあわせた。

五

多津子を訪ねてきた女性たちは「ミモザ御殿」に半日は滞在する。多津子はいつも、お手製のスコーンやサンドウィッチでもてなす。そしてお茶をしながら四方山話。

多津子は千客万来の姿勢を変えない。自分は世界へ羽ばたけたかもしれないが、才能だけで叶ったわけではない、たくさんの人たちに助けられた。歳を重ねれば重ねるほど、その思いが強い。残り少ない人生では、できるだけ恩返しをしたいと思っている。

ひとしきり多津子とふれ合った後、ゲストは神戸中心部の宿泊先へ向かう。ぜひとも夕食をご一緒に、とだいたい誘うが、多津子が受けることはない。

「港町神戸を堪能してください」

遠方からのゲストには、メリケンパークのオリエンタルホテルを勧める。海岸縁にあり、客室のベランダの真下は海である。神戸に来たなら、潮風を味わってもらいたい。

「わたしの名を出してもらえれば、ちょっとは優遇してもらえるかも」

チェックインすると部屋に花とワインがある。支配人からのていねいな手紙も。客人はもてなしに感激するが、請求書は多津子が受け取っているのである。

ゲストを送り出して庭を見れば縁側に啓子がいる。誘ないも問わず、勝手に入って来るのだ。明るい晴れの日の昼下がり。多津子はキッチンテーブルにあるデキャンタとグラスをお盆に載せた。気づいた啓子が言った。

「お客さん途切れんねえ。あなたも人のよいことで」

「訪ねてもらえるうちが花よ。あと何年もないんだし」

「そうやねえ。さっさと逝かしてもらいたいわねえ」

多津子も縁側に並んで座る。デキャンタガラスの表面に涼しげな結露が浮いている。氷をたっぷり入れたアイスティー。

「ルイボスティーでございますわ」

グラスに注ぐ。

とく、とく、とく。

「ルイボスティーは不老長寿のお茶『茶寿』ってよばれてる。知ってる?」

「知らんけど、長寿はもうええよ」

「なら緑茶にしますか。ボケ防止に効くらしいわ」

啓子は答えない。多津子は言った。

「今日は長生きのほうにしましょうかね」

ふたりは鈴蘭台小学校の同級生である。

終戦は五歳で迎えた。厳しい記憶を持つ最後の世代だ。

厳しさを知ったからこそ、その後の人生を強く生きた。多津子はファッションの世界へ、啓子は小学校の教師に。歩んだ道は違うが、目指した職業に就き、中断させることなく働いた。

多津子はパリで結婚した。夫は十歳年上、ソルボンヌで政治学を教える教授だった。「華やかなりカリスマ白藤多津子」日本のモード誌がアパルトマンまでやって来て、夫妻の日常を取り上げた。

パリは華麗で美しく、愉しかった。

しかし老いとともに、熱は去っていった。夫も多津子が六十歳の時に亡くなった。ひとり娘がいる。画家だ。勝ち気で、個性的で、結婚と離婚を三回。モロッコのマラケシュに住んでいる。音沙汰があったりなかったり。親子の縁もつながっているような切れているような。生き方が娘に乗り移ったのかもしれない。そうかも、そうでないかも。どちらにしても、それも人生、と思う。

啓子は教師を勤めあげた。最後の三年間は校長になった。定年後も教育活動を続けると決めていて、夫の理解も得ていたが、まさに定年の花束を受けたその夏、伴侶が癌で死んだのである。多津子と同じ年であった。そして、啓子にはさらなる哀しみがあった。その冬、息子夫婦が交通事故に遭い、自分の前から消えてしまったのである。

啓子は鈴蘭台の家で、ひとり暮らしとなった。

余生を送るだけ。残りはおまけでいい。心が、心臓が、小さく縮んだ気がしていた。

そんなところに多津子が帰ってきたのである。中学卒業以来、五十年ぶりであった。

多津子は啓子の心に光をともしたのである。

啓子にとって、パリの話は冒険小説のようだった。

しかし多津子も人生を転換させるため、ふるさとへ帰ってきたのであった。

ふたりは語り合った。

仲良しだった同級生は、老境となって新たに、永遠の友になったのである。

「すごい数のミモザやね。匂いがこそばいよ。風の加減かいな」

啓子はくんくんと鼻を動かす。

「しかし、まあ、まめに手入れしてるねえ」

「まめさには自信があるわ。洋服作りもそんなだったから、パリまで行けたのよ、きっと」

「まめならわたしも負けへんよ」

「そうでございますね。校長先生さま」

午後も深まり、風が出てきた。明石(あかし)海峡を抜けた西風は六甲山麓(ろっこうさんろく)南側に沿って進み、神戸の独特な風、阪神タイガースの歌にもなっている「六甲おろし」となって都市部へ舞いおりるのだ。風は六甲の裏側にも吹き下りていくが、そっち側は六甲おろしとは言わない。六甲おろしでいいんじゃないの、裏も六甲山なんだからとか、歳をとると、こんな、とりとめもない話を続ける。

そしてどちらからともなく、終末の話を持ち出す。この日は啓子が言った。

「あと何回、こんな春を過ごせるのやら」

多津子は答える。

「その日は突然来たりするから」

「出かける準備はしておかんとね」

八十歳。死は切実である。知り合いがよく亡くなる。毎年、何回葬式に出るやら。

「で、たづちゃん、この家はどうするん。やっぱりアリスに残すんかね」

「あの娘、いらないというのよ。死ぬまでアフリカらしいわ。相続拒否。税金とか、メンテとか、ぜったい関わりたくないって」

「もったいないと思うけどね」

「砂漠がいいんだって。いまも時々、サハラ砂漠で絵を描いてる。周囲に何もない場所まで行って寝起きする。星空は壮大で、完全な無音で、宇宙と一体になって、存在を考えるんだって」

「芸術家やねえ。どんな絵を描くのやら」

「でも、この前送ってきた写真は宇宙なんかじゃないのよ。パリでウーバーイーツの配達してる写真。ちょっとやってみたとか。変わってるわ」

アリスは何度か鈴蘭台へ来た。啓子も三度会っている。両腕にタトゥー、つぎはぎだらけの服、からだじゅうにガラス玉をつけているのは何かのまじないだという。

この親にしてこの子ありだが、娘の個性は親の想像を超えているらしい。

「じゃあ、どうしますか。家は人が住んでこそやろ。神戸市に頼んで、重文で残してもらいますか」

多津子は言ったのである。

「しづちゃん、どう？　面倒見る気ない？」

「あほかいな、なんでわたしやねん」

「どこをどう変えてもいいわ。お好きなように」

「同い歳でしょうが。一緒にお出かけするよ」

多津子はすぐに言った。

「じゃあ、龍一さんはどう？」

「なにが、じゃあやいな。あいつは自分のことでせいいっぱいよ」

「良い先生って評判よ。隔世遺伝かな」

「外面(そとづら)は知らん。遺伝も知らん。家におるときは、しんどいとか、できひん、とか、ぼそぼそ言うとる」

「そんなの、誰でも言うわよ」

「わたしら、そんな弱音吐いたことないんでしょうが」

多津子は笑った。

「あるわよ。何度も何度も。自分のことは忘れるみたいね、都合よく」

傾きはじめた陽、ガラスの結露もわずかに朱い。

多津子はお茶を飲んでから言った。

「龍一さん、まじめで誠実なお孫さんよ。おばあさんをすごく心配してる」

「いらついとるんよ。かわいそうなくらい」

「そうかもしれないけれど」

「専門医でも身内となると違うんやろね。病院へ連れて行くかどうかも迷っとる。CT検査でもしたらたぶん、脳のどこかが壊れてるのがわかるんやないか。で、見つかったらどうしますか？　脳細胞は戻らん、壊れ続ける。医者ができることは、薬を出すか、励ますことくらいやろ。あいつもわかってるから、今のところは様子を見てる。そんなところやと思う」

「家族はたいへんよね」

啓子は多津子の相づちめいた言葉には答えなかった。代わりにこう言った。

「わたし、自覚が出てきたんよ。ああ、これが認知症かって」

「なにそれ。自覚がないから認知症じゃないの？」

「それが、あるんよ、不思議に」

「不思議な自覚？」

「いまからボケはじめる、来る来る、って感覚になるんよ。そしてじっさい症状がはじまる。わたし、階段が何段あるかって問答をするんでしょ。龍一がビデオを撮って、自分の症状を自分の目で見た。それがきっかけだったかもしれん。自分が何をしているか、自覚するようになった」

「ひとそれぞれ、いろいろな感じ方があるのでしょうけど、何なんかなあ、それ」

多津子は首をかしげ、空をはすかいに眺めた。人差し指をそっと顔の前に立てた。考えをまとめるときのクセなのだ。多津子は言った。

「正常な意識をもったまま認知症の症状が出ている、問答していることも自覚している、ということは、止めることもできるのよね」

啓子は言った。

「そのへんは微妙。問答しているのは間違いなくボケたばあさん。それをしらふの自分が見てる。そんな状態に行けるようになったっていうか」

「正常と認知症を、行ったり来たりできるってこと？　意識的に？」

「それもちょっと違う、と思う」

「こんがらがるなあ。でも、龍一さんに迷惑かけてるのを意識できてるなら、さっさと戻ってあげなさいよ」

「行くことはできる。でも自分では戻れない」

「じゃあ、いつも、どうやって戻って来るのよ」

「まあ、そやねえ。現実で『正しい判断が必要』ってことが起こると脳が覚めるみたい。外部刺激かな」

「ほんとに認知症なの？」

「いずれ行ったきりになると思う。進行は止まらんから龍一もそう思うとるかな」

「そうかなあ。今なんか、ぜんぜんまともじゃないの、あなた」

夕陽を真正面に受ける多津子の表情が明るくなった。

「話の内容もいたって論理的。どこが認知症老人かと思うわ」

「そこなんよ。たづちゃんなら、そこをわかってくれると思うんよ。他のひとには考えも及ばん話やろけど」

「そこって何よ。わたしがなにをわかるっていうの?」

「認知症は行動が破綻して、家族には扱いきれない。でも、考えたことがあった。破綻っていうけど、それは健常者から見た現象で、本人の意識はきれいなんじゃないかって。和菓子屋の春子さんが認知症になったでしょ。徘徊に困って施設に入った。施設内なら歩き回っても安全ということだけれど、彼女、施設中の車椅子を集めたんだって。見つけては運ぶ、また見つけては運ぶ。春子さんはいたってまじめに、車椅子を運んだ。彼女、きっと楽しかったのよ。夢のお花畑を飛び回るように、悪いことを何も知らない幼児のように、想像の中で生きはじめたのよ。車椅子は王女様の馬車だったかもしれない。わたしはどちらの世界も認知する状態になった。すると、夢のお花畑が見えた気がした。症状が進んだ妄想かもしれない。でもその妄想は居心地がいい。ものすごく楽ちん。わたしはずっと、隙をつくらないように生きてきた。子どもたちのために、学校のために、社会のために、悲しんだり、寂しがったりすることでできそうになる心の隙間を、できそうになるたび、蓋(ふた)をしてきた。いま蓋が外れはじめた。そうしたらわかった。蓋なんか、半分くらい外しておけばよかったんだって。そうしておいたならば、人生の景色も変わったかもしれない。そんなことを思う。症状へ行ける感覚がわかったのは幸い。妄想に行ったなら、そこにとどまってみることにした。そんな感覚、わかってくれるとしたら、たづちゃんだけかなって」

多津子は黙って聞いていた。

そして、わかるはずがない、と答えようとした。でも、どうしよう。迷った。

迷いながらも、何か答えようと考えた。

答える前に啓子が言った。

「ああ、もうひとりいる。あの若者もわかってくれるかもしれない」

「若者？」

「信也くんよ」

「宅配便の？」

「そうよ、配達の青年。彼はね、普通のわたしと認知症のわたしの、両方の世界に現れるの。配達しながら。そうそう、彼がいるわ。そこは忘れている」

啓子はフフフと思い出し笑いをした。

配達しながら現れた？　そこは忘れている。何を忘れている？

自分はやっぱり、妄想に誘（いざな）われているのだろうか。これはまともな会話か。

多津子は言った。

「フィクションの世界ね。信也くんはどこか別の世界から来た人とか言い出しそうだわ」

「彼は人間世界に生きる若者、ナイスな青年。そしてわたしの、きれいな世界の理解者」

「誰も彼も引っ張り込むのはやめなさいよ。妄想が居心地よいなんていうのは、はた迷惑と裏腹なんだからね。龍一さんに対しても同じ。あなた、校長先生として訓示してたと聞いたわよ。人が生きることのいちばんは、まず人に迷惑をかけないことって」

「そんなこと言ったかねえ。昔のことは忘れました」

「まあ、おっしゃいますこと」

ふたりの世界。年寄りのたわごと。論理的で、妄想的で、友人のなれ合い。

多津子は家の話に戻った。

「この家、誰か借りないかしらねえ」

「まだ言うとるわ。白藤多津子あってのミモザ御殿。ミモザ御殿の白藤多津子。白藤家の末裔(まつえい)だからこそ、こんなお屋敷に住んでいる。誰も代われないよ」

「たしかにそうかもしれないけれど、そうだった、ってことにしたいのよ。わたしはもうすぐ過去の人になる。お迎えが来るまでに、北風正造の夢を引き継がないといけない。引き継ぐ次の世代を探さないといけない、それが白藤多津子に残された役割だと思うのよ」

多津子は話した。

モロッコ娘にはいくばくかの遺産を残すが、不動産と現金は信託にし、屋敷にまつわる税金関係、修理や保全の費用を永代捻出できるように取り計らう。お金の苦労まで引き継いでもらうことはない。山っ気なく、まじめで、歴史を尊重し、ていねいに住んでくれる人がいい。でも引き継ぐというのは変化を続けることでもある。想像力があって、時代に対応し、手を入れていくところは変えていく、そんな人がいい。

「だから、龍一さんはどうかなって思ったわけよ。いい人見つけて再婚するとかなったら、ここに住めばいい」

「ぜんぜん無理、無理無理無理」

啓子は顔の前で手をひらひらさせた。

「値打ちがわからん。想像力がなさすぎる」

「適役だと思うけれど」

「たづちゃん、わかってる？　あんたの希望って、すごくレベルが高いんよ」

「そうかなあ」

「そうやて。芸術家のふつうは、一般人のふつうとは違うねんて」

啓子は言った。

「募集したらええやんか。あふれるほど来るて。今でも毎週毎週、誰か来てるやない」

「ああいうタイプの人たちじゃないのよ。大事にはしてくれるでしょうけど、なんていうか、わたし、そのあたりからは卒業したのよ。違うかな。卒業し切れていないから、わたしみたいじゃないひとにお願いしたいのかも」

ああ、また童話みたいな話し方しよる。啓子は思った。

多津子は子どもの頃からよく、こういう表現をするのだ。

わかるような謎めくような。リアリストでいて、夢想しているようでいて。

啓子はそういう多津子が好きだった。じぶんは逆。生来の気質もあって、真正直なリアリスト。現実の解釈に夢を重ねるような発想はできない。

　啓子は言った。

「ああいうタイプの人たちでええと思うけどね。善意が見えるし」

「そうするとね、白藤多津子は白藤多津子のままなのよ」

「ああ、う～ん、また、むずかしいなあ」

「白藤多津子は世界へ自由自在に羽ばたいた、なんていうけど、実際のところはいろいろなものにしばられているのよ。地面にくくりつけられた何本もの綱につながったままで、呪縛は解けていない。そのうちのひとつが白藤って名前。それを解いてしまいたい」

「お姫様のお悩みと、いうことですかいな」

　尾根に建つミモザ館。西向きの裏庭はテニスコート一面ほどの広さがある芝生（しばふ）。縁芝生を望む側は夕陽を正面に見るしつらえ。芝生の両端に南側が桂（かつら）、北にケヤキ。どちらも樹齢二百年を超える大木。大木のすそはイングリッシュガーデンだ。いや、日本の花もあるから、和洋折衷ガーデン。さまざまな草花が、なんの計画もなされていないがごとく、自由自在に植わっているが、春は黄色、初夏は紫、夏は赤、秋は、冬は……と、季節ごとに色が変わる。

ときに春の黄色が象徴的で、館（やかた）の通称にもなっているのだ。

ウグイスが鳴いた。

――ホーホケ、ホーホケ、ホーホ――

「中途半端な鳴き方やなあ。ちゃんと鳴かんとあかんで。メスを口説くんやったら」

「若いオスでしょうね。もっと稽古しないといけませんね」

また鳴いた。

――ホーホケ、ホーホケ、ホーホ――

ふたりは目を合わせた。しかし、

――ホーホケ、ホーホケ、ホーホケッキョ！――

「未来を作るのは若者よ」

「やっぱりそこね」

そんな若いウグイスの声に混ざり、男女の声が聞こえてきた。若く、潑剌（はつらつ）とした勢いが、細道をやって来た。

庭を取り囲む壁は高さ六メートルの石垣になっている。石垣の向こうは切り立った崖だ。石垣を沿うように細道が通っている。崖沿いの危険な間道で、住民が通ることはあまりない。

細道は上下にうねっている。いちばん標高の高いところでは、縁側からも通行人の頭が見える。

男性の頭がひょっこりのぞいた。

「あれ、山岡さんじゃない」

多津子が言った。

「背が高いからそうだわ。こんな話をしているときに不動産屋さんよ。わたし、念力で呼び込んだのかしら」

多津子は立ち上がり、庭を塀ぎわへ向かった。勝手口の木戸。

多津子は戸を開き、山岡さ～ん、と呼びかけた。

あいもかわらず、フットワークが軽い。しかし、なにが念力か。たまたまや。

啓子は思った。しかし声に出したりはしなかった。

たまたま、ということが、人生にはあったりなかったりする。

否定することもない。

六

龍一は診察にあたっていた。

ひとりめ、ふたりめ、三人目、四人目……

精神科の外来。心の悩みを抱えた人たちがやってくる。

重たい現場だ。

しかし龍一は、この日、診察を順調に進めているように感じた。問診を終えた患者が部屋を出て行くとき、その表情が、和(なご)んでいるように見えたのだ。

この一年いろいろあった。とくに最近は、面倒の絶えることがなかった。さえない気分を続けていたが、この週に起こったことは、落ち込み気分の原因など些細(ささい)なものと気づかせてくれる、なにやら晴れ晴れとした出来事だった。それが連続したのだ。

精神科医の臨床現場は、心と向き合う難しい仕事だ。私生活で困難を抱えようと、現場では「無」にならなければならない。患者の話は支離滅裂かもしれない。内容は道理を外れ、自分中心で他者に怒り、逆に自己を否定し、同じ話を繰り返すかもしれない。しかし、どんな悩みにも耳を傾け、その心に寄り添わなければならない。なのに祖母への対応はひどかった。身内だから？　違う。プロフェッショナルなのだ。ありえない。ところがじっさいのところ、祖母にぶち切れた自分がいた。過呼吸に陥るなど、専門医失格ではないか。

そんなとき、若い信也の対応に驚いたのである。

「合わせてあげればいいんですよ」

彼は言ったが、そんなことはわかっている。臨床技術の初歩だ。カウンセリングも訓練で積み上げている。

信也はただ、やさしく、ほがらかに、相手の心に寄り添った。技術なんかじゃない。しかし、そのあまりにも自然なふるまいに、根本的なことに、あらためて気づかされたのである。精神科医は悩みに寄り添い、「心をやわらかくする」手助けをする職業なのだ。人と人とのふれあいに、心の解放に、医師はちょっとした技術を足すだけなのだ。

外来の診療は午前中の三時間。患者は一日平均三十人。ひとりあたり、長くて十分間、短ければ三分間。

「症状が改善されないようでしたら、薬を変えてみましょう」

現代医学ではここまで。人の心は深遠なる謎。

でも、この日は違ったのである。患者さんたちは問診のあと、なにやら吹っ切れたような、次へ進めそうな顔になったではないか。

人は人にふれあってこそ人になる。いいふれあいは、いい人間関係をつくる。関係は相手に求めるのじゃない。まずは自分から。

龍一は、ほんのすこしではあるが、わかった気がしたのである。

七

細い道。崖が切り立っている。さくらが言った。

「この道すごいやろ」

「こわすぎるよ。でも絶景だね」

道幅は二メートルほどある。落ちることはなさそうだった。

館は崖っぷちに建っている。石塀脇に黄色い花が咲き乱れ、小径(こみち)そのものが黄色に染まっているようにさえ見える。

「鈴蘭台の隠れ探検コースなんよ。ミモザ御殿の小径ってね」

「ミモザ御殿？」

いとこの不動産屋が言った。

「白藤多津子さんという、ファッションデザイナーのご実家です。パリで活躍されていましたが戻られて、いま、ここに住まわれています。ミモザを植えたのも多津子さんなんですよ」

梓は驚いたのである。

「白藤多津子ですって。ほんとですか！」

超有名なひとではないか。ＫＥＮＺＯと並び、パリで認められた日本人デザイナーだ。世に媚(こ)びず、商売気を出さず、着たい服をつくる。自然でエレガントで自由。その個性が一世を風靡(ふうび)した。ＫＥＮＺＯさんが新型コロナウィルスの合併症で亡くなったとき、親友でもある彼女が弔辞を読んだ。梓もニュースで見た。その彼女が、この町にいる。この家に住んでいる。

「多津子さん、すっごい、いい人よ」

「え？」

さくらのひと言。

「知り合いなん？」

「同じ町内会やし」

そのとき、呼びかける声がしたのである。

「山岡さ～ん」

石塀の一箇所が開いていた。

いとこの不動産屋が気づいて近づき、ていねいに頭を垂れた。

「申し訳ありません。お騒がせしましたでしょうか？」

さくらも近づいていった。

「先生、お久しぶりです」

「さくらちゃんもいっしょだったのね」

いとこの不動産屋はスーツ姿である。多津子は訊ねた。

「あなた、仕事中？」

「はい。お住まいのご案内中です。こちらの女性が鈴蘭台でお探しということで」

さくらが言った。

「大学の同級生なんです。神戸で働くことになって、鈴蘭台をぜっさんオススメ中なんです。梓、こっち来て。白藤多津子先生よ」

突然ふられた。梓も近づいた。

「はじめまして。こんにちは。渋野梓と申します」

「あずさちゃんね。鈴蘭台へようこそ。白藤です」

小さな人だった。なのに、なんだろう、この存在感は。ゆったりとした白い綿シャツ、足首までの巻きスカート。裸足（はだし）にサンダル。赤いペディキュア。赤いニットキャップ。長く白い髪。

「四月からお仕事なの？」

「社会人一年目になります」

「そうなのね。さくらちゃんと同級生なら、二十二歳か」

「はい、そうです」

「未来ある若者ね」

「いやあ、そうなんでしょうか」

多津子は木戸をいっぱいに開いた。

「さあさあ、どうぞお入りになってくださいな。ちょうどよかったわ」

いとこの不動産屋は訊ねた。

「なにがちょうどよいのですか」

「いいから、入って、入って」

多津子の妙な勢いに促され、三人は勝手口をくぐった。

ミモザの黄色を抜けると芝生が広がっていた。そして、天にそびえるような館。

梓は立ち尽くした。

なんという暮らし。こんな暮らしがあるのか。

「なんやいな。あんたたち。まだ家を見てまわってるんかいな」

縁側にいたのは、一軒目の、画家が住んでいた平屋の前で会ったおばあさんだ。いや、元校長先生の啓子さん。

いとこの不動産屋が答えた。

「十軒ご案内しました。どこがいいかご思案中ですね」

「ほんまか？」

啓子が言った。

「わざわざ鈴蘭台くんだりに来んでええで。神戸にはもっとええとこ、いっぱいあるさかい」

さくらは言った。

「ぜんぜん、いい町ですよ。わたし大好き。啓子さんだって、ずっと住んでるじゃないですか」

「たまたまや」

「またまた、強がり言って」

「先生に向かってなんて言いぐさですか。廊下に立たせますよ」

啓子は目尻をつり上げた。笑ってはいるけれど。

さくらは頭に手をあてた。

「あい、すみません」

多津子が、デキャンタを抱えてきた。

「さあさあ、おかけになってください。アイスティーでもどうぞ。お疲れでしょ」

いとこの不動産屋が、この日の報告をした。

梓は見て回った部屋を思い起こした。やっぱりそそられない。明日からは別のエリア、灘区か東灘区、あるいは芦屋へも行ってみようと内心考えていた。

そこへ多津子が、びっくりするようなことを言ったのである。

「この家も貸し出そうと思っているんだけれど」

これにはいとこの不動産屋が驚いた。

「ほんとですか？」

多津子は淡々としている。

「山岡さん、契約とか、面倒見てもらえるかしら」

「もちろんです！　いや、しかし」

いとこの不動産屋は言った。

「お家賃はいかほどでしょう。七、八十万、いや百万円ですね。当然、そのくらいのご希望でしょうが」

「違うのよ。そういうんじゃないの」

多津子は梓を見つめている。

「な、なんでしょうか。わたしがなにか……」

「若いっていいわね」

「はあ、若いだけですけど」

「ねえ、あずさちゃん」

「は、はい」

「ここに住んでみない？」

「ん？」

梓の目の前の空中にクエスチョンマークが浮く。

「どう？」

「このお屋敷ですか？」

「いかが？」

「いかがと言われましても。お家賃も非現実的でしょうし」

「百万円なんて、ぜんぜん考えておりませんよ」

家賃は光熱費程度でいいという。多津子はさきほど、啓子と話していたことを繰り返した。

「まだわたしも生きておりますから、出入りはしますけれど」

「出入りって、それはされるでしょうけれど、ええ？」

ファッションの世界で生きてきたひとの想像力だ。気まぐれだ。ついていけるもんじゃない。デヴィ夫人が屋敷に女子大生を居候させているという話もあるが、そんなことは超イレギュラーだ。

「屋根裏部屋とか、離れの小屋とか、そういうのなら、あるかもしれませんけど」

「そうなのね」

「そうなのね、と仰いましても」

「屋根裏部屋みたいなのなら、いいのかしら、離れとか」

「それは、もののたとえです」

多津子は言った。

「あるわよ」

「ある？」

「こちらへいらっしゃい」

多津子は庭へ踏み出した。梓は戸惑いの中にいたが、

「はい。みなさんも、いっしょに来て」

多津子のフットワークは軽い。

ケヤキの大木へ向かう。ぞろぞろ、ついていく三人。その後ろには哲子も。

腰の高さにおい茂る雑草群、いや、イングリッシュガーデンに分け入って進む。多津子は大木の側（そば）を抜け、背の高さほどある茂みをかき分けた。すると地表に対して四十五度くらい、斜めに埋まるような木戸が現れた。古く重たそうな扉。多津子は取っ手に手をかけた。動かないようだ。

「油を差してなかったからね。こうなっちゃうわよね」

多津子は振り向いた。

「山岡さん、手を貸していただける？」

「は、はい」

「多少錆びているだけだから」

「引けばいいんですね」

祐一は腕まくりをした。そして力を込めると木がこすれる音とともに開いた。

多津子は一歩中へ入った。スイッチをひねったのか、電灯がともった。

「さあ、どうぞ」

階段が下へ続いていた。みんなで下りた。十数段。下りきったところで、多津子は別のスイッチをひねった。そこに広い空間が現れた。

なんだろう、三人が考える間もなく、多津子はさらに奥へ進み、木枠の窓を観音開きにした。明るい日差しが空間一面に広がった。

自然の洞窟だ。むき出しの岩肌。

「なつかしいねえ。ひさしぶりに来たわ」

啓子は壁を撫で、地面を踏みしめる。

「そうね、啓子ちゃんは、何年ぶりかしらね」

「小学生以来と違うか」

「七十年ぶりね」

啓子は空間を歩き出した。変わってないね、と言いながら。

むき出しの岩肌にも触れていった。

穴蔵に開いた窓からは、切り取った額縁のような、青い空が見える。

野趣あふれる空間だが、そのなかに、床と壁が造作された一角がある。梓は感心してしまった。

「アートな気分になりますね。さすが多津子先生です」

「ここは自然がつくった空間よ。すこし手を入れただけ、戦争中は防空壕にしていた」

「そうなんですか」

「でも、不思議な感覚を纏(まと)う場所ではあるわね。窓枠は空を切り取る結界。夜になれば、お月さまが浮かぶ」

「へえ」

多津子は言った。

「終戦の年には、四角く切り取られた夜空にいっぱいの光も見た。ぴかぴかぴか、とてもきれいだった」

　さくらが訊ねた。

「戦争中も花火あったんですか」

　啓子は言った。

「米軍機の爆弾よ。わたしら子どもらは無邪気やった」

　昭和二十年三月。神戸は大空襲に見舞われた。市街地は焼夷弾で焼き尽くされた。鈴蘭台にも田圃や畑を掘って防空壕はつくられた。神戸市街地に敵機が来ると、山を越えた谷の町にも空襲警報が響き、そのたび住民は避難した。白藤家の洞穴には数カ所の出入口があり、それぞれに扉と窓を取り付けた。

「山のこっち側に戦闘機は飛んでこない。避難するいうても切実やなかった。それに、防空壕くらいではどもならん、爆弾飛び込んだら全滅や、と大阪大空襲を見てきた人が言いよったからみんな、逃げ込むことは逃げ込んだけれど、あきらめ半分、のんびり半分で、窓も開けたままにしてた。真っ暗な空に、敵機が飛ぶ音。爆弾が夜空を切り裂くように落ちて、山が燃えるような赤になった。戦争はこわいもんと教えられていたけど、わたしら小っちゃい子どもは、赤い光を花火みたいに見てた」

　啓子はひとしきり話すと。また部屋を歩き回りはじめた。そしてあちこちの壁を、懐かしむように撫でながら言った。

「ぜんぜん使ってないんか」

「パリへ出たときに閉めたから」

「それにしてはきれいやね。かび臭うもないし」

「ときどきは風を通してもらっていたからね。でも、わたしの部屋は五十年使ってない」

五十年。若輩には想像が及ばない。梓は思った。たしかに、掃除は行き届いているようだ。とはいえ穴蔵。五十年も無人の、かつての防空壕。そこに住むって？　屋根裏部屋とか、離れの小屋とか、おもわず言ってはみたが。

「そもそもは幕末のころ、自然の洞窟だったところを、勤王志士の隠れ部屋にしたらしい。桂小五郎がふた月隠れていたこともあるって」

「穴蔵にふた月も？」

「わりと居心地いいのよ。ほかの部屋もお見せしますわ」


一面の岩壁。しかしよく見ると、その一部はドアになっていた。

「さらなる隠し部屋ですか」

「そうだったのかもしれませんね。でもいまは大丈夫ですよ」


ドアを開けると、そこはキッチン、トイレ、バスルームだった。幕末でも戦時中でもなく、現代の普通の家にあるようなものだった。

「さすがに江戸仕様では住めません。幕末の志士でもないしね」

キッチンを進むと、また扉があった。

「ご案内したいのは、この奥なんです。そこがわたしの部屋」

梓は誘われるまま、多津子とともに扉を開いた。

するとそこには、魔法がかかったような部屋があったのである。

タイルの床はトランプカラー。壁は赤、ピンク、緑、青と塗り分けられたストライプ。太い柱を組み上げた天蓋（てんがい）ベッド。子ども用の勉強机は丸みを帯び、両開きの衣装ダンスは濃い色の木に呪文のような模様が彫られている。お茶用の丸テーブル、背もたれが高い椅子が二脚、どれも猫脚。天井の電灯はろうそくが円形に並ぶようなシャンデリア。

まるで不思議の国のアリスだ。

「シャンデリアは『イシュガルディアン』やったね。アリスがお茶会をする部屋にあるのと同じ」

「啓子ちゃん、素晴らしい記憶じゃないの」

「ほんに。なんで覚えてるんかね」

多津子は、あなたほんとに呆けてるの？　という目でほほえんだ。

啓子は丸テーブルを撫でた。

「これこれ、アリスのお茶会テーブル」

さくらが訊ねた。

「啓子さん、この部屋に来たことあるんですか」

「ここがたづちゃんの部屋よ。小学生のころのね」

「防空壕の奥に？」

「わたし、秘密基地が大好きだったの」

多津子は窓の雨戸を外した。柔らかい光が差し込む。

いとこの不動産屋が窓から頭を出して言った。

「すぐ外が崖道なんですね。でもこんな窓があるなんて、外からはわかりません」

「よく見ればわかるわよ。窓枠は石垣に造作されているから。小径からも入れるの」

「そうなんですか。じゃあ、物騒ではないですか。侵入されませんか。悪いやつとか」

「見つけたら崖の向こうへ押してあげるわよ。真っ逆さま」

一同黙った。

「冗談だって。誰もこんなところまで来ませんよ。それに私道だから、通せんぼしちゃってもいいのよ。あなたがそうしたいなら。ね」

多津子に見つめられ、梓は、自分に話しかけられていると知った。

「わたしにお訊ねですか」

多津子は答える代わりに、

「あとはそうね、これもお見せしておきましょう」

部屋の奥まった壁一面、床に届くゴブラン織りのカーテン。多津子が開くと棚があり、二十冊ほどの本が並んでいた。そして棚だけではなかった。

オルガンである。

いつの時代のものだろう。足踏み式だ。そうとう古いものだろうが、ていねいに使われていたのか、木目が生きているようにさえ見える。

これは、いったい。

「ストップつきオルガン第十九号っていうものなのよ。つくられたのは明治四十二年。ちゃんと鳴りますよ。こういうのは壊れないんですね。電気仕掛けじゃないから」

「わお、練習できるよ。バンドできる」

さくらの声が撥（は）ねた。

「あら、さくらちゃん、音楽してるの？」

「そうなんです。梓もです」

「ふたりでバンド？」

「はい。わたしはギターで、梓はキーボードです」

「鈴蘭台は音楽と縁のある町なのよ。さくらちゃんはこの町出身だし、ギター弾くなら知ってるわね」

「え、なんの話ですか？　ギター弾くならって」

「日本で最初にエレキギターを作ったのは、鈴蘭台の楽器屋さんだったのよ」

「ほんとですか！　ぜんぜん知りません」

一九六五年、ザ・ベンチャーズの来日で日本にエレキギターブームが起こった。しかしその十年以上前、鈴蘭台の「ニッカード」という会社が、エレキギターを作っていたのである。

多津子が啓子に言った。

「駅前にあったよね」

「楽器屋が？　あったかなあ」

「いま、コンビニになってるあたり」

「あんまり憶えてないけど。そういえば」

「新制中学に入ったころよ」

　太平洋戦争の戦時下、金持ち連中が疎開してきたおかげで、鈴蘭台にはハイカラな文化が醸成された。駅周辺にバーやパブ、ビリヤード場にダンスホールもあった。交易にやってくる外国人たちとの交流場所ともなり、西の軽井沢とも呼ばれた。

「神鉄に鈴蘭台西口駅があるでしょ」

「はい、ありますね。鈴蘭台の隣の駅」

「そこは昔、鈴蘭ダンスホール前駅って駅名だったのよ」

「へえ、そうだったんですか」

　さくらは感心しきりだった。

「モダンだったんですね。わが町、ますます愛したいです」

　梓は、そんなやりとりに加わらなかった。

　梓はオルガンを見つめたままだったのである。

　多津子はそんな梓に、

「梓ちゃん、弾いてあげて」

と椅子を引き出した。オルガン専用で座面が斜めになっている。

「弾けるのですね」

「ぜひ、お願いするわ」

梓は座った。鍵盤の蓋を開いた。古い木と機械仕掛けの混ざったような匂いが立ちのぼってきた。

アイボリー色の鍵盤、四オクターブ。端から端へ撫でてみる。

譜面台も木彫り。

足踏みペダルは二つ。蛇皮が貼ってある。

鍵盤の上に丸いレバーが並んでいる。

「それは『ストップ』ね。手前に引いて音色を選ぶのよ」

古いオルガンのストップ。知識としてはある。

フルート、セレステ、メロディア、クラベーラ……と文字が読める。

とりあえず、ハープと表記のあるストップを引いた。そして鍵盤を押さえ、踏んでみた。

ふわーー
オルガンは音を奏でた。

観客が見つめている。
梓の緊張が高まった。歴史を超えてきた楽器のたたずまいに、背筋が伸びる。
深呼吸した。肩の力を抜いた。
思い浮かんだ曲は、さくらとやっているファンキーなロックではなかった。
バッハのフランス組曲第五番、ト長調ＢＷＶ８１６アルマンド。
小学生の頃、何度も練習した懐かしい曲。
鍵盤に指を乗せ、心も乗せた。ペダルを踏んだ。
ふわーー、ふわーー、ふわーー
岩に閉ざされる空間にバロックの音色。
音は窓を抜ける。遠い空へ飛びだしていく。
ふわーー、ふわーー、ふわーー
ふわーー、ふわーー、ふわーー
古いオルガンは、教会に響く祈りのような調べを紡(つむ)ぎ出した。
指を離し、足踏みも止めた。
拍手が起こる。梓は立ち上がり、ぺこりと礼をした。

多津子は言った。

「きっとね、弾かれるのをずっと待っていたのよ。そして待ち人が現れた。わたし、すごくうれしい」

多津子はあふれる感動を、どうすればいいか迷う、そんな感じだったが、思いついたように本棚へ向かい、並ぶ本から一冊を抜き出した。

多津子はページを繰り、とあるページを開いた。

「これを読んでいいかしら。素敵な曲で伴奏してほしい。さっきの感じで、お願いしたいわ」

「わたしでよければ」

梓は椅子に座った。ペダルを確認。首を回した。

「どんな曲がいいでしょう」

「それは」

多津子は言った。

「感じてもらえばいい。今のこの気分、この感じ」

梓は訊ね返さなかった。

梓は多津子の表情に思ったのだ。とても静かでエレガント。

同じフランス組曲だけど、第五番ト長調ＢＷＶ８１６サラバンドにしよう。静謐な水面を感じるような曲だ。

和音を押さえた。ペダルをゆっくり踏んだ。ピアニシモではじまるように。

多津子は音を受けとり、朗読をはじめた。

ある晩黒い大きな家の影に　キレイな光ったものが落ちていた
むこうの街かどで青いガスの眼が一つ光っているだけだったので
それをひろって　ポケットに入れるなり走って帰った
電燈のそばへ行ってよく見ると、それは空からおちて死んだ星であった
なんだ、つまらない！　窓からすててしまった
金曜日の夕がた　帽子店へはいると
突き当りの大鏡にネクタイを選んでいる青年の姿が映った
その拍子に先方も鏡を見た　自分と青年の眼とがカチ合った
青年はズカズカと近づいてきて　自分の肩ごしに云った
「君」

「なに?」
と横を向いたまま答えると
「水曜日の夜をおぼえているか」
と云いかけた
「そんなことはね……」
と答えると、
「そんなことではないよ!」
青年はたいへんな剣幕でどなった
ガラス戸がギーと開く音が聞えただけで
自分は街のアスファルトの上へかち飛ばされた

多津子はページを閉じ、梓に目配せした。
梓は全部の指で和音を押さえてから、指を離した。
みんな、やさしい顔になっていた。
みんな、やさしい拍手をした。

庭に戻った。陽が落ちかけていた。のどかな春の夕暮れ。空の低いところは、少しかすんでいる。

さくらが言った。

「梓どうする？　素敵すぎるけど」

多津子はとなりにいたが黙っていた。梓は訊ねるしかなかった。

「白藤先生、ほんとに、わたしなんかに貸していただけるんですか。家賃は、多少お高くても頑張りたいですけど。いや、やっぱり無理でしょうか、でも」

梓はいきおいこんでしまった。

「それなら、足りない分は掃除とか料理とかで埋めます。じつはわたし、けっこう料理できるんです。買い物なんていつでもします。階段を上がって下りて、お使いに行きます。それで、お家賃の一部をなんとか」

「おかしなひとね、梓ちゃん」

多津子は笑った。

「埋め合わせなんて、そんなこと考えておりませんわ。ひとりの悩みが、ときとして、もうひとりの問題解決につながることがある、そういうことなのよ」

「わたし、先生の悩みなんて解決できません」

「気に入ってくれたのね。なら、わたしはぜんぜんウェルカムよ。でも、せっかく神戸に住むんだから、いろいろまわってみなさい。はじめての神戸なんでしょう。あなたの人生はあなたが決めればいいのよ」

人生か。確かに人生ではある。

しかしすごすぎる。個性的すぎる。感覚が麻痺(まひ)する。こんなのを見たら、ふつうのマンションなんか普通すぎる。白藤多津子という魔法使いに、マジで不思議の国のアリスにされてしまっている。

ああ、人生。わたしの人生。


それから全員、母屋(おもや)へ誘われた。

光たっぷりのリビングルーム。西洋のお屋敷のよう。天井が高い。

そこに気まぐれで選んだかのようなテーブル、書棚、調度、さまざまな椅子。

「どうぞ、ゆっくりしてください」

さっと何か作りますよ、遠慮しないで、いつものことだから、と多津子はキッチンへ向かった。

梓、さくら、いとこの不動産屋はソファに座った。肩を寄せ合い、一列に並んで。

「君たち、せせこましいねえ。広いんやから、ゆっくりしたらいいでしょうが」

「でも、なんか、気圧(けお)されちゃって」

梓は言ったが、啓子は、ほら、梓ちゃんはあっち、さくらはこっち、いとこは部屋の端っこ、と三人を動かせた。

多津子が大皿を持ってきた。

「あら、へんな座り方ね」

三人は返事のしようもなかった。

「さあさあ、こちらへどうぞ」

ダイニングテーブルに大皿を置く。魚料理だ。取り皿と箸もセットする。

梓が訊ねた。

「カルパッチョですか。イタリアンの。魚は鯛(たい)ですか」

「お料理が得意っていうだけはあるわね。でもイタリアンじゃないわ」

「そうなんですか」

洋野菜のうえに、薄く切った鯛の身が散らばっている、ハーブと、オリーブオイルと、少し赤いのはワインヴィネガー。梓は思ったが、少し違った。

「鯛は昆布でしめています。青いのはわさびの葉。ドレッシングは、しそ、みょうが、梅をたたいて、胡桃オイル、小豆島の塩。ぜんぜん和食でした」

「へえ、すごい。ぜんぶ地元食材ですね。鯛は明石鯛ですか」

「今朝獲れた鯛なのよ」

「高級魚ですね。さすがです」

「高級じゃないわ。そう言ったら鯛に失礼かもしれないけど、明石海峡は目の前の海。鯛は近所のお魚。池のフナや金魚みたいなものよ」

「そんな」

「お値段も、この大きさで、一匹千円」

「えーっ」

関東でも京都でも、明石の鯛は料亭で出される料理だ。

「神戸に住めばそんな感じよ。おさかな料理は、きっと楽しくなるわ。もちろん、神戸ビーフだってあるし」

歓談しながら、食事を終えた。

コーヒーにしましょう、と多津子は厨房へ戻っていった。

さくらは、私も手伝います、と後を追った。いとこの不動産屋も、わたしもと。

啓子は庭に出ていた。梓も出た。

西の山辺、赤みを増した陽が架かりはじめている。

梓は訊ねた。

「ほんとに、ここに住んでいいんでしょうか」

「時代は若者がつくるもの。しっかりやるのよ」

「そういう問題ですか」

啓子は言った。

「わたしも多津子も八十歳。お迎えも近い」

「近くなんてないですよ。お元気じゃないですか」

「わたしなんか脳みそが壊れかけてるよ。こんなふうにしてると、ぜんぜん普通なんやけど」

啓子は自分の症状、孫に心配かけていることを話した。

梓はなんと答えていいかわからない。啓子は続けた。

「こんな老人だからこそ、あなたに、少し話しておこうと思った。言わずもがなの話かもしれんけどね」

「それは、ここをお借りすることに関係あるのですか？」

啓子は梓を見てほほえんだ。

「梓ちゃん、やっぱりあなた、いいよ」

「ええ？　何がいいんですか」

啓子は言った。

「白藤多津子は、彼女が生きぬいてきた人生に誇りがある。誇りを持てるくらいのことは、まちがいなく成し遂げた。誰しもが認めるところ。ただ、誇りなんてカタチがない。自分がつくった誇りなら命と共に消えていい。ただ、彼女はこの屋敷をつくったご先祖の誇りを受け継いできた。長く続いてきたものを自分が消してはいけない。だから、ずっと探していた」

啓子は神妙な顔で語った。そして一転、

「フフフ」

と思い出し笑いをした。

「いや、いや、ごめん、さっきの朗読よ。どうだった？　面白かったかい？」

「もちろん、面白かったです。面白かったより、感動しました」

「ふうん」

「不思議な部屋での、不思議なお話でした。でも、あれはなんだったんですか？」

「星をひろった話」

「それが題名ですか」

「稲垣足穂（いながきたるほ）って、大正時代にデビューした作家の作品よ」

「イナガキタルホ？」

　啓子は言った。


「白藤家には昔から西洋モダンな気分があって、それはそれは、女の子たちの憧れだった。防空壕だったところにつくったたづちゃんの部屋は、そのなかでも不思議気分がいっぱい。その部屋で夜になると、窓の向こうに満月が浮かぶ。そのとき、たづちゃんがあれを読んだことがあった。十歳くらいだったかなあ。終戦から五〜六年。焼け野原の神戸も、朝鮮戦争では軍需景気、子どもたちも、未来へ向かう気分を持ちはじめた。わたしは学校の先生になろうと決めた」

「十歳の女の子の決意ですか」

「たづちゃんはすでに芸術家だったわ。だって、『星をひろった話』って、たづちゃん以外の女の子には、意味がぜんぜんわからなかったんだからね」

啓子さんの話し方が、女の子になっている。

梓は気づいておかしくなった。

だって啓子さん、ざっくばらんすぎる話し方、どちらかといえば男性のような口ぶりだったではないか。思い出がよみがえって、少女の心にもどったのだ。

「はじめて来た鈴蘭台、感想は?」

「驚いてばかりです。世界の白藤先生のお屋敷にいることも、夢としか思えないです」

「夢であって、現実でもある」

しわが深い。八十歳。もと小学校の校長先生。人生の大先輩。白藤多津子先生も、人生の大先輩。

「あなたには縁もゆかりもない話ではじまったかもしれないけど、人生は予想外の出会いの繰り返し。必要なときに必要な人が現れて、歴史と、真理を受け継いでいく。そう思わないか」

梓は困った。わたしは新たな人生にふみ出すけれど、まだ何もはじまっていない。真理も、歴史を受け継ぐも何も。

とはいえ、楽しい。こころが浮き立っているのがわかる。

素敵な出会いは素敵な人生のはじまり。そういうことなのかもしれない。

啓子は言った。

「フランス組曲、最高でしたよ」

美しいオルガンに誘われてしまって、と照れようとしたが、梓は唇を絞ってしまった。

啓子の両の目尻から、涙がこぼれ落ちたからである。

「涙腺もボケてるわ。なあ」

なあ、といわれても……

ええ、どうしたらいいの。

梓はいよいよ困ってしまった。

引用：稲垣足穂／『一千一秒物語』（新潮社）

この作品は徳間文庫のために書下されました。
なお本作品はフィクションであり実在の個人・団体などとは一切関係がありません。

徳間文庫

万延元年のニンジャ茶漬け

2023年2月15日 初刷

著者 松宮宏

発行者 小宮英行

発行所 株式会社徳間書店

東京都品川区上大崎三-一-一 〒141-8202
目黒セントラルスクエア

電話 編集〇三(五四〇三)四三四九
販売〇四九(二九三)五五二一

振替 〇〇一四〇-〇-四四三九二

印刷 大日本印刷株式会社
製本

ISBN978-4-19-894823-8 (乱丁、落丁本はお取りかえいたします)

徳間文庫の好評既刊

松宮　宏

さすらいのマイナンバー

書下し

郵便局の正規職員だが、手取りは少なく、厳しい生活を送っている山岡(やまおか)タケシ。おまけに上司に誘われた店の支払いが高額！　そんなときにＩＴ起業家の兄から、小遣い稼ぎを持ちかけられて……。（「小さな郵便局員」）必ず本人に渡さなくてはいけないマイナンバーの書類をめぐる郵便配達員の試練と悲劇と美味しいもん!?　（「さすらうマイナンバー」）神戸を舞台に描かれる傑作Ｂ級グルメ小説。

徳間文庫の好評既刊

まぼろしのお好み焼きソース

松宮 宏

書下し

粉もん発祥の地・神戸には、ソースを作るメーカーが何社もあり、それぞれがお好み焼き用、焼きそば用、たこ焼き用など、たくさんの種類を販売している。それを数種類ブレンドし、かすを入れたのが、長田地区のお好み焼き。人気店「駒」でも同じだが、店で使用するソース会社が経営の危機に陥った。高利貸し、ヤクザ、人情篤い任侠、おまけにB級グルメ選手権の地方選抜が絡んで……。